프리즈

프리즈

고경숙

청소년 소설

내 인생은 헤드 스핀 중

"딩동!"

내 접수 번호 숫자가 멀리서 깜박거렸다.

정형외과엔 대부분 할머니 할아버지 환자들로 내 또래는 가끔 깁스를 한 입원 환자들뿐이다. 벌떡 일어나 접수 데스크로 갔다.

"성함 말씀해 주시겠습니까?

"김영민이요."

내 말이 끝나기도 전에 고개를 들던 직원은 나를 힐끗 보더니 잽싸게 반말로 바꿨다.

"생년월일?"

"06년 12월 2일이요."

내가 태어나던 해 겨울, 엄마는 이모와 동업하던 분식집을 말아먹었다. 만삭의 몸을 이끌고 대출로 차린 17평 가게는 학교 앞이라는 기대감을 저버리고 손님이 없었다. 밖으로 나도는 걸 좋아하던 이모는 기름 냄새 맡으면 머리가 아프다며 아이들 하교 시간에 맞춰 잠깐 나왔다가 들어갔고, 엄마는 매일 퉁퉁 부은 다리로 장사를 했다. 싼 자리를 찾다 보니 가게는 환기 시설이 좋지 않아 아이들은 매번 교복에 기름 냄새 밴다고 짜증을 냈다.

엄마는 여태도 장사는 아무나 하는 게 아니고, 돈은 있는 놈이 더 버는 법이라며 망한 원인을 못난 가게 탓으로 돌린다. 그럴 때마다 듣기 싫어 '그냥 그건 엄마가 무능한 탓이에요'라고 속으로 오물거렸다.

"딩동!"

진료실 앞 대기표에 '김0민'이라고 이름이 떴다.

의사 선생님은 컴퓨터를 보느라 내가 들어오는 것도 모르고 나중에야 쳐다봤다. 느닷없이

"보호자는 같이 안 왔어?"

"네."

나는 머뭇거리다 대답했다.

초등학교에 들어가면서부터 나는 항상 혼자였다. 이발하러 미용실에 갈 때도, 슈퍼마켓에 갈 때도 손에 지폐를 꼭 말아 쥐고, 어디든 혼자 갔다.

목의 아픈 부분과 가끔 팔이 찌릿찌릿하다는 증상을 더듬더듬 얘기했고, 지난주에 정형외과 선생님한테 진료받았었다는 것, 그래도 디스크 전문 신경외과 선생님께 다시 진료받고 싶다는 것 등을 얘기했다. 내가 봐도 설명은 궁색했다.

사실, 초진 때 진료받은 정형외과 선생님은 말수가 너무 많았다. 엑스레이 사진을 보며 높은 톤으로

"이거 봐, 경추 2번과 3번 사이는 널찍하지? 아래는 거의 붙었잖아. 이게 안 좋은 거야. 그뿐이 아니야. 어깨도 다 연결되어 문제가 좀 있네."

"어깨는 괜찮은데요?"

"당장은 괜찮아도 다 연관 있지. 일단 체외 충격파와 물리 치료 병행해 보고, 안되면 정밀 검사해 볼 거야. 일단 저린 것은 멈춰야 하니까 약 꼭 먹고…."

수납을 하며 예상보다 훨씬 웃도는 금액에 마음이 무거워서 물리 치료를 받는 건지 마는 건지 정신이 없었다.

엄마는 카드와 영수증을 받으며 놀라는 눈치였지만, 곧

아무렇지 않은 척 내색하지 않았다. 휴대폰 많이 봐서 그런 거니 당분간 휴대폰은 보지 말고 그 시간에 공부 좀 하라고 힘 실린 목소리에 짜증이 조금 섞여 있었다. 아니 내가 그렇게 느꼈는지도 모른다. 그럴 것 같아서 학원에서 연습하다 조금 삐끗했다는 얘기는 일부러 뺐다. 내 방으로 들어오며 다음 진료 땐 간단한 물리 치료와 약만 받아야겠다고 마음먹었었다.

그래서 굳이 이번엔 연세 들어 보이는 신경외과 선생님으로 바꾼 것인데, 퉁명스러운 말투에 주눅이 들어 내 목소리는 처음부터 기어들어 갔다.

의사 선생님은 내 팔을 들어 보다가 어깨를 돌려 보고 목도 젖혀 보더니 애매하다며 갸우뚱했다.

"정밀 검사부터 받아 볼 거야? 아님 치료해 보고 안 되면 받아 볼 거야?"

"네. 치료해 보고…."

"그럼 오늘은 충격파와 물리 치료!"

"선생님, 저… 물리 치료만 했으면 좋겠는데요."

의사 선생님은 자신의 처방에 토를 다는 것이 기분 나쁘다는 듯 낯빛이 어두워졌다.

진료실 밖에서 기다렸다. 간호사 누나가 물리 치료를 받으라며 안내해 주는데 처방전이 없었다. 약은 없냐고 했더니 기다리라며 물어보러 다시 들어갔다 나왔다.

수납하는 마음이 훨씬 가벼워졌다.

기분 좋게 물리 치료를 받았다.

커튼을 친 물리 치료실을 꽃처럼 뛰어다니는 간호사 누나들의 친절한 목소리가 커튼 사이로 물결처럼 넘실거렸다. 목은 좀 나은 것도 같고, 그대로인 것도 같아 도무지 가늠할 수가 없었다. 칸막이 속에서 천장에 매달린 기구에 턱을 걸고 견인 치료를 받으며 내 우스꽝스러운 모습이 상상돼 휴대폰을 찾아 사진을 찍었다. 친구 민철에게 보냈더니 바로 답장이 왔다.

-새끼, 뭔 뻘짓이냐?

-교수형 중이시다ㅋㅋ

약국에서 약을 받아 보니 지난번 약에서 두 가지가 빠졌다. 다행히 요즘은 약봉지에 약에 대한 설명이 자세히 적혀 있어 나 같은 애들도 다 확인할 수 있는데, 헉! 그저 작은 소염제와 소화제 한 알만 달랑 2주 치가 들어 있을 뿐, 중요한 치료제는 빠져 있었다. 처방에 토를 단 벌칙같이 느껴졌다.

약국 쓰레기통에 약 봉투를 몽땅 버리고 돌아섰다.

세상은 왜 내 편이 아닐까

진료를 받는 동안, 무용 학원 원장 선생님한테 문자가 와 있었다. 무용 페스티벌 초청 공연이 얼마 안 남아 안무를 맞춰 봐야 하니 알바 가기 전에 학원에 좀 들르라고 했다.

나는 비보이다. 중학교 때 동아리 대항 청소년 예술제에 나가 입상한 인연으로 지금은 무용 학원에 다니고 있다. 아니 가끔 다니고 있다. 우리 학원 원장 선생님은 지역에서 꽤 알아주는 무용단을 운영하고 있는데, 그 소속 한국 무용팀과 콜라보로 무대에 서 보지 않겠냐는 제안이 와 지역 축제에서 공연을 했었다. 그게 의외로 히트를 쳤다. 청소년들이 지루해하는 한국 무용에 역동적인 비보이들의 댄스와 거기에 맞게 편곡한 음악의 결합이 신선했었나 보다. 지금도 인근 중학교 여자아이들이 지역 축제가 있을 때면 어떻게 알았는지 피팅 룸으로 찾아와 사인을 받아 가거나 사진 찍어 달라고 부탁한다. 그럴 때면 으쓱거리기도 하지만, 사실 내가 좋아하는 아이는 따로 있었기에 눈길도 안 주었다. 한국 무용을 하는 지영이다. 공연 때 무대 바닥이 매끄럽게 처리되지 않아 손바닥이 확 긁힌 적이 있었는데, 그때 자기 일처럼 본부석에 뛰어가 약상자를 들고 달려오더니 손수 소독을 해 주고 붕대까지 감아 주었다. 여자 손이 그렇게 하얗고 부드러운지 처음 알았다. 서로 대회가 있을 땐 문자로 응원을 해 주지만, 사실 서로 갈 길이 다르다는 것을 알기에 나는 먼저 다가가진 못하고 있다.

"영민아, 너 대회 때까지 알바 쉬면 안 돼?"

"지난번 알바 줄일 때 사정사정해서 남아 있는 거라… 좀 어려울 것 같은데… 왜요?"

"이번 공연에서 한국 무용과 비보이 듀엣 부분 중 네 분량을 조금 더 늘릴까 하거든. 참 그리고, 민지는 하바로브스크 공연 일정과 겹쳐 빠지고, 대신 지영이하고 호흡 맞춰야 하는데, 괜찮지?"

구석에서 지영이가 싱긋 웃고 있었다.

우리 무용단에서 민지와 지영이는 에이스들이다. 집안

형편도 넉넉해 어릴 적부터 무용을 전공하고, 학교에서도 적극적인 지원을 해 주고 있는 우리 학원의 간판스타들이다. 큰 대회에서 상도 많이 타 차곡차곡 스펙을 쌓아 가고 있다. 명문대 입학은 문제없을 거라고 언젠가 학원 선생님들이 하는 얘기를 들은 적 있다.

대로 하나 사이로 구도심과 신도시가 갈라져 있는 우리 동네는 백화점을 끼고 먹자거리가 형성되어 있는데 지영이네는 그곳에 큰 건물을 두 개나 갖고 있다고 했다. 나는 그 거리 고깃집에서 알바를 하고 있다. 언젠가 지영이네 가족이 내가 일하는 가게로 고기를 먹으러 온 적이 있었는데 지영이는 문간에서 나를 보더니 식구들 팔을 끌고 자연스럽게 다른 집으로 옮겼다.

내가 왜 알바를 하는지, 집안은 어떤지, 부모님은 뭐 하시는지 아무것도 물어보지 않는 아이, 그저 안 보는 척하고 있다가 연습 도중 힘들어하는 것 같으면 슬쩍 물병을 건네주곤 하는 아이다. 사랑을 받아 본 애들이 사랑을 베풀 줄도 안다는 얘기에 처음으로 공감한 것이 지영이를 보고 난 후였다. 다 그런 건 아니지만, 나를 비롯한 비보이들은 거친 청소년기를 넘겼다. 끼나 재능은 넘치는데 집안에서 밀어줄 형편은 안 되는 경우가 대부분이고, 무용으로 입문할 수 있는 여자애들과 달리 남자애들은 '춤'을 정식으로 배울 수 있는 기회가 적다. 있다고 해도 사내자식이 춤을 배워서 어디다 쓰겠냐고 좋지 않게 생각하는 게 일반적이니까. 힙합 문화를 좋아하고 스웩 어쩌고 하면서 좀 따라 하다 보면 금세 노는 아이로 낙인찍혀 버린다. 우리 비보이들 사이에선 지영이를 '있는 집안 애들은 배려와 동정을 동일시하는 거라'고 곱지 않게 보기도 했지만, 하여튼 난 처음부터 솔직하고 착한 애라는 생각을 가졌었다.

갈등이 생겼다.

지영이와 듀엣을 한다는 생각만 해도 심장이 쿵쾅거리지만 마트에서 근무하는 엄마 월급만으로는 대출금 이자며 생활비가 빠듯하다. 내가 조금이라도 보태야 하는 형편이라는 걸 얘기하기 그래서 아무 말 못 했다. 갑자기 머리가 하얘지는 느낌이었다.

지영이는 여전히 멀리서 웃고 있었다. 내 눈에는 턱 앞에서 대답을 기다리는 원장 선생님 얼굴보다 멀리 있는 지영이 시선이 더 신경 쓰였다.

"영민아, 얘기 좀 하자."

원장 선생님은 상담실로 나를 따로 불렀다.

"이번 페스티벌은 랜선 공연이 될 거야. 작년에 도 대회 우승팀인 우리가 초청 공연을 할 수 있다는 것은 큰 행운이거든. 유튜브는 물론 NTV로 생중계되기 때문에 무대나 음향 등이 최고래. 솔로 영상은 나중에 네 포트폴리오 만들 때 도움이 될 것 같아서 그래. 기분 나쁘게 듣지 마. 혹시 알바비 없으면 지장 많니? 음~ 선생님이 생각해 봤는데, 이번 초청 공연은 출연료가 조금 괜찮아. 그래서 말인데… 의상과 분장비에서 조금 절약해서 알바비 어느 정도라도 채워 주면 안 될까? 물론 다른 애들한텐 아무 말 말고…."

"지금도 학원비 거의 공짜인데, 무슨 염치로요?"

내 목소리는 기어들어 갔다. 원장 선생님은 대답 대신 내 등을 툭 치며 문간 쪽으로 밀었다. 꼭 사장님께 말씀드리고 오라고 뒤통수에 꼭꼭 못을 박는 것도 잊지 않았다.

고깃집 사장님은 우리 중학교 선배이다. 신도시가 생기고 신설된 중학교 1회 졸업생으로 잘 다니던 기업에 사표를 내고 어느 날 고깃집을 차리겠다고 선포를 해 집안이 발칵 뒤집혔었다고, 술 한잔 드시면 그 얘기를 하고 또 한다. 처음엔 사표를 던지는 용기와 도전이 멋있어 자랑인가 했다.

그러나 시간이 지나갈수록, 또 장사가 안될 때마다 '아, 지금 몹시 후회하고 있는 거구나' 싶어 가끔 연민이 느껴진다. 그러다 문득 정신을 차려 이게 무슨 개똥 같은 생각인가 싶어 웃음이 났다. '아무리 뭐해도 지지리 궁상 집구석 아들로 알바생인 내가 걱정할 일은 아니지 않은가?'

사장님은 문만 열어 놓고 장사 준비도 안 하고 외출 중이었다. 주방 냉장고엔 며칠째 채소가 말라 가고 있었고, 고기를 대 주는 집에선 사장님을 찾는 전화만 왔다.

한참 만에 전화를 걸어 온 사장님은 문 잠그고 들어가라는 얘기만 하고 급히 끊었다. 미처 내 용건은 입도 뻥긋 못했다.

어떻게 할 거냐고 지영으로부터 두 건의 문자가 왔고, 원장 선생님 전화가 부재중으로 찍혀 있었다. 이제는 결심을 해야 할 때다. 어차피 장사 안돼 차일피일 문 닫을 것 고민하는 고깃집을 오늘 그만두나 며칠 있다 잘리나 마찬가지 결과일 테고, 공연은 이번 기회 놓치면 나 대신 다른 누군가가 들어간다. 그럼 앞으로 그 애가 계속 주연으로 발탁될 거다. '그래, 일단 주어진 기회는 놓치지 말자' 싶어 무조건 해야겠다고 마음먹었다. 그 순간부터 마음이 더 쿵쾅거렸다. 어느새 나는 내가 결론 내고 싶은 쪽으로 생각도 몰아가고 있었다.

늦게 퇴근한 엄마는 내 얘기를 듣고 한참 생각하더니 내 등을 두드렸다.

"영민아, 엄마가 하나만 물어보자. 근데 너 비보이 해서 그걸로 대학 갈 수 있어?"

"원장 선생님 말씀으로는 현대 무용 쪽으로 갈 수 있다고 했어."

나는 모깃소리만 하게 대답했다. 그리고 생각했다.

'정말 갈 수 있을까?'

지금 형편으로는 어디를 가든 대학 등록금이 문제였다. 엄마는 걱정 말라고 하지만 그건 내 앞에서 초라해지기 싫어 허세 부리는 거라는 걸 알기 때문에 나 대학 보내 줄 수 있냐고 진지하게 묻지 못했다. 공부로는 수도권 전문 대학도 못 갈 실력이라 나도 엄마도 서로 불편한 질문은 피하고 지냈다는 게 맞을 것이다. 나는 속으로 원장 선생님 말씀에 실낱같은 희망을 걸었고, 어쩌면 무용으로 대학을 갈 수 있을지도 모른다는 막연한 기대로 나도 모르게 엄마에게 그렇게 말이 나온 것이다.

"너 하는 거 그것도 무용에 포함되는 거야?"

"요샌 세계 대회도 있어서 거기서 우승하면 돈도 잘 벌어."

"사내놈이 할 게 없어서 계집애들하고 무용을 하고 앉았냐? 당신은 애가 잔뜩 바람 들었으면 말릴 생각을 해야지. 애를 부추겨? 당장 때려치우라고 해."

언제부터 우리 얘길 들으셨는지 아빠가 소리 질렀다.

"어디서 못된 놈들하고 어울려 다니더니… 공부는 손 놨냐?"

잔소리가 시작됐으니 아마 두세 시간은 족히 이어질 것이다. 다니던 직장이 망하고 아빠는 그 불만을 식구들에게 잔소리로 푸는 것 같았다. 엄마 혼자 고생한다는 걸 뻔히 알면서도 두 분 다툴 때면 제일 먼저 나오는 소리가 "돈 같지도 않은 것 조금 벌어 오며 지금 유세 부리냐?"로 시작해 남편 무시한다고 한 시간, 갖다 주는 월급 갖고 살림이나 잘할 것이지 처형 꾐에 빠져 장사를 한다고 말아먹더니 그때부터 우리 집이 이 모양이라고 케케묵은 원망으로 한 시간이다.

내가 보긴 아빠 말은 틀렸다. 우리 집 경제는 원천적으로 문제였다. 아무리 절약을 한다 해도 기본적으로 수입이 적으면 빚은 지게 되어 있다. 버는 사람은 있지만 다들 제 앞가림하기도 급급한 수입이다. 나는 아빠의 잔소리를 비트 빠른 BGM처럼 귀 뒤에 흘리며 공원으로 나갔다.

6월의 이른 더위가 서서히 대지를 달구는 중인지 밤이

되었는데도 후텁지근했다. 공원 바깥쪽으로는 저녁 운동을 하는 사람들 무리가 트랙을 따라 물결처럼 흐르고 있고, 공원 안쪽으로는 산책을 나온 사람들이 한가롭게 벤치에 앉아 쉬거나 강아지들을 산책시키고 있었다.

내가 어릴 때 연을 날리고 비눗방울 놀이를 하던 그 잔디밭이 지금은 온통 개들 차지다. 애견 인구가 늘어나면서 생겨난 현상이다. 목줄이 풀린 강아지들이 정신없이 잔디광장을 이리저리 뛰어다니는 모습에 내 어린 시절이 겹쳐 보여 쓸쓸해졌다. 밤에 공원을 나와 보는 것이 나로선 쉬운 일은 아니다. 공원에 나올 때 나는 우울을 가득 안고 그걸 삭이러 나오는 때가 대부분이고, 그건 걱정거리가 있거나 알바가 끊겼을 때로 또다시 내일을 생각해야 하는 시간들이었다.

강아지들은 이쪽 끝에서 저쪽 끝까지 헐떡헐떡 뛰다가 가끔 획 뒤돌아보고 주인을 확인했다. 주인이 부르면 두 귀를 나풀거리며 정신없이 뛰어왔다. 반쯤 빠진 혀가 인형처럼 귀여웠다. 잠깐 주인 무릎 밑을 맴돌다가 냅다 또 뛰어갔다. 한 녀석이 뛰면 다른 녀석들도 덩달아 뛰었다. 공원은 달밤에 난데없는 견공들 놀이터가 된다. 벤치마다 빈 곳이 없어 천천히 공원 중간 산책로를 돌다가 시청 청사가 정면으로 보이는 상징탑 부근 나뭇등걸에 기대앉았다.

원장 선생님은 수업 중인지 전화를 안 받으셨다.

고깃집 사장님께 전화를 드렸더니 한숨을 푹 쉬고, 그러잖아도 이달을 버티기가 쉽지 않을 것 같아 얘기하려던 참이었다며 일단 공연 준비를 하는 게 좋겠다고 했다. 나중에 다시 영업이 정상화되면 그때 제일 먼저 나부터 부르겠다고, 다짐하고 또 다짐했다. 가슴이 뭉클했다. 그동안 알게 모르게 정이 많이 들었나 보다.

지영에게 문자를 보냈다.

"나 하기로 했어."라고 썼다가 지우고,

"나 너랑 같이하게 돼 기뻐."라고 썼다가 다시 지우고,

"나 알바 그만뒀어. 연습에 집중할 거야."로 막판 수정해 보냈다.

지영인 문자에서도 들뜬 표정이 보이는 듯했다. 하트 뿅뿅 이모티콘을 연달아 날리며 멋진 공연 꾸미자고 했다.

우리 학교는 버스정류장에서 내려 한참을 언덕으로 올라가야 한다. 여름이나 겨울엔 그 오르막길을 다들 '깔딱고개'라 부른다. 여름엔 더워서 '깔딱' 숨넘어가고, 겨울엔 볼

을 에는 바람으로 '깔딱' 숨이 찬다. 우리 학교와 담장을 이웃하고 있는 여학교에선 장딴지 굵어진다고 그 학교 배정을 받으면 우는 아이도 있다고 했다.

함께 비보이를 하던 중학교 친구들 중에 민철이와 나를 빼곤 모두 다른 학교로 뿔뿔이 흩어졌다. 더러는 방향을 틀겠다고 서울로 가고, 더러는 춤을 그만두었다. 나머지 일곱 명은 주말에 학원에서 연습을 한다. 굳은 맘 변하지 말자고 철석같이 맹세했지만, 우리의 약속은 자주 우리의 의지와 상관없이 어른들에 의해 깨지고 만다. 어른들은 물론 학교 선생님들도 처음엔 우리를 불량기 있는 문제아로 보았다. 화장실에서 담배 냄새가 나면, 으레 교실로 오자마자 우리부터 불러 다그쳤다. 사실 나는 중학교 때 한두 번 담배를 피워 보다 말았다. 동네 아는 분이 엄마에게 일러바쳐 아버지한테 따귀를 두 대 맞고, 이후로는 손도 안 댔다. 호기심에 피워 보던 애들도 무용 학원에 오면서 여자애들이 싫어하기도 하고, 무엇보다 원장 선생님이 엄마보다 더 잔소리를 하는 바람에 지금은 대부분 안 피우고 있다.

집안 어른들 중 천식이 있고 폐암으로 돌아가신 분도 계셔서인지 엄마 아빠는 유독 담배에 민감했다. 지금은 춤을 출 때 호흡이 안 가빠서 잘했단 생각을 한다.

남자애들만 있는 교실은 해가 늦게 뜨는 방처럼 무겁다. 등교는 했지만 엎드려 잠을 자는 아이들, 앞줄에 선생님과 소통하는 몇 명의 아이들, 정면은 주시하고 있지만 무표정의 아이들이 혼재된 교실은 벽과 창문, 그리고 출입문이 각자의 역할을 잊은 채, 지금은 모두 벽이다. 저 모습을 바라보고 있는 나는 벽일까? 문일까? 이런 생각 때문인지 아이들도 사뭇 서먹하고, 수업 시간은 묘하게 이질감이 느껴졌다. 방 탈출 놀이를 하는 것처럼 선생님 목소리는 멀리 들려오고 칸칸 들어앉은 우리는 각자의 방에서 눈만 내놓은 미어캣처럼 세상을 내다본다.

쉬는 시간에 민철이가 왔다.

"영민아, 너희들 사귄다고 소문났더라?"

"엉? 누구랑?"

"뭘 물어 임마. 당연히 지영이지. 정말 너네 사귀는 거야?"

"사귀고 싶다고 다 사귈 수 있냐?"

나는 긍정도 부정도 아닌 아무 말이나 뱉었다.

사실이 그렇긴 하다. '사귀고 싶다는 건 내 마음이고, 그런 마음 먹는다고 세상 사람들이 모두 사귀면 뭐 세상에 안

타깝거나 이별하는 커플은 왜 있는 건데?' 하는 생각이 먼저 들게 되니….

"뭔 대답이 그러냐? 지영이도 너 좋아하고, 너도 지영이 좋아하잖아? 그러면 된 거지 뭐가 또 있냐?"

"넌 뭐든지 참 명쾌해서 좋겠다. 생각해 보면 결혼하자는 것도 아니고 그냥 잠깐 사귀는 건데, 난 왜 자꾸 쪽팔린다는 생각이 먼저 드는지 모르겠어. 내가 너무 구려."

"새끼, 영감 같기는?"

내 말을 듣고 있는 민철이의 미소가 씁쓸했다.

춤 연습을 죽어라 했더니 안무가 많이 맞춰졌다. 원장 선생님은 절대 공연 날까지 다치면 안 된다고 신신당부를 하시는데, 내가 매일 진통제를 먹는지는 모르고 계신다.

공연 이틀 전, 목이 더 심해질까 싶어 통증의학과에 갔다. 엑스레이를 보던 의사 선생님은 무슨 운동을 하느냐고 물었다.

"비보잉합니다."

"아, 그래요? 취미를 넘어서나 보죠?"

"네… 공연을 하는데 격렬한 동작이 조금 들어가거든요. 목과 팔이 아직 아픈데 가끔 통증이 와서요."

"아, 멋지네요. 그래도 너무 무리는 하지 마세요. 비보잉 오래 하려면요. 오늘 주사와 물리 치료 끝까지 다 받고 가세요. 정 아프면 공연 전에 한 번 더 오구요."

의사 선생님은 세심하게 내 말을 다 들어주셨다. 물론 일시적이긴 하겠지만, 주사를 맞고 나니 통증이 없어지고 연습에 몰입할 수 있어 좋았다. 사장님께 이달 알바비를 정산해서 받은 게 주머니에 있어서 오늘은 마음이 불안하지 않았다. 약도 잘 챙겨 나왔다.

원장 선생님은 연습에 늦게 왔다고 발로 엉덩이를 걷어차는 시늉을 했다.

"왜요? 그래도 삼십 분밖에 안 늦었잖아요?"

"하긴 그렇다. 너희들 처음에 생각나? 시간관념이 없어서 내가 얼마나 애먹었는지, 두세 시간씩 늦는 걸 보통으로 아는 애들 데리고 연습한다고 내가 너희들한테 눈물 보이고 사정하고… 이 녀석들아, 내 흰 머리가 다 그때 나왔어."

아이들이 원장 선생님 입을 손으로 틀어막았다. 길게 하시지 말란 소리다.

강사 선생님이 MR을 크게 틀기 시작했다. 연습이다.

내일은 D-Day다.

학교에 공문도 보냈으니 등교는 안 해도 된다. 곧바로 행사장으로 가서 의상까지 다 입고 리허설을 해야 한다. 연습 끝나고 파이팅을 외치고 학원 불을 끄고 나오는데 왠지 가슴에 울컥 올라오는 게 있었다. 지영이와 처음 하는 듀엣 공연이다. 꿈속에서도 상상만 했던 그림, <비보이를 사랑한 발레리나>란 뮤지컬 제목을 보고 불 끈 채 천정을 올려다보며 지영이와 춤을 추는 무대를 얼마나 그려 봤는지 모른다. 하얗고 긴 지영이의 팔이 내 목을 감쌌다가 무대 멀리 도망가면, 나는 괴로운 자아를 잊어 보려 격렬하게 더욱 격렬하게 춤을 췄다.

이 세상에 우리 둘만 있었다. 음악도 멈추고 시간도 멈추고 그렇게 영원히 말이다.

괜찮아, 잘될 거야!

다음 날 아침, 학원 앞에 버스 한 대가 서 있었다. 우리가 타고 갈 차량이다. 무용단 15명, 비보이 7명, 그리고 분장 선생님, 스태프, 무용 선생님과 원장 선생님까지 아침으로 주는 김밥을 한 줄씩 먹으며 모두 잠 못 잤단 얘기들만 했다. 나도 못 잤다.

"얘들아, 주목! 공연 끝나고 점심 먹을 거니까, 지금은 김밥 다 먹지 말고 허기만 면해. 알았지? 몸 무거우면 공연 망친다."

"아이, 고기 뷔페 가면 안 돼요? 가본 지 너무 오래됐는데."

"야, 오늘 공연인 줄 몰라?"

"그래, 난 그런 거 모른다. 하하."

아이들은 오랜만의 공연이라 들떠서 별말도 아닌데 까르르 뒤집어지고, 괜히 응석을 부렸다. 원장 선생님의 주의사항은 벌써 멀리 날려 버렸는지 조잘조잘 귀가 따가운 버스는 공연장을 향해 달리기 시작했다.

어젯밤 내린 비로 아침 공기가 깨끗하다.

비는 도시의 색을 짙고 선명하게 만든다. 건물 모서리 따라 다시 선을 긋고, 아스팔트 색을 진하게 만들고, 건널목을 뚜렷하게 구분 지어 놓는다. 사방은 한껏 초록이다. 도시는 어느 몽상가의 꿈속을 거닐다 나왔기에 이렇게 푸르를까? 공상과 농담 사이를 몇 번 오가다 보니 어느새 공연 장소에 도착했다.

리허설은 무난히 진행되었다. 긴장을 해 군무에서 유연성이 부족하고, 암전 상태에서 핀 조명 받으며 자리를 확보할 때 뒤쪽에 있는 애들 동선이 얽혔다고 선생님께서 지적했다. 연습 때보다 무대가 커서 잠깐 감을 잃었던 게 원인이었다. 아이들 표정이 모두 상기된 채 설렘과 불안으로 의상이 축축했다. 훅훅 거친 숨들이 달아올랐다.

본 무대는 정말 대박이었다.

무대 전면이 LED 화면으로 화려함의 극치였고 조명도 음향도 최고였다. 리허설 때 지적받은 합도 그런대로 잘 맞춰졌다. 듀엣 무대에서 얼마나 떨었는지 지영이 얼굴을 보며 눈빛을 교환하고 교감해야 하는데 난 그저 안무 까먹을까 봐 거기에만 신경 쓰느라 정신이 하나도 없었다.

무대를 마치고 내려오는데 다리가 풀려서 걸을 수가 없었다. 무대 총감독님이 멋진 무대였다고 칭찬하는 얘기를 들으니 그제야 조금 안심이 되었다.

옷을 갈아입고 정신을 차리고서야 지영이를 찾았다. 로비에서 원장 선생님과 얘기하는 지영이가 보였는데 아까와 다른 것 같았다. 멀리서도 지영이의 모습이 좀 이상해 보였다. '어? 우는 건가?' 지영이 있는 곳으로 가려고 하는데, 분장도 지우지 못하고 겨우 옷만 갈아입은 채로 지영이가 밖으로 뛰어나갔다.

나도 엉겁결에 뒤따라 뛰어나갔다. 아트센터 밖에 차가 대기해 있다가 지영이가 타자마자 쏜살같이 떠나갔다. 부르지도 못하고 되돌아와 원장 선생님께 여쭈니 집에 일이 있어서 급하게 따로 가는 것이라고 했다. 오는 버스에서 지영이 대신 앉아 있는 지영이 무용 가방이 자꾸 내 시선을 끌었다.

그날도 그다음 날도 지영에게서는 문자가 없었다.

공연도 끝나고 새 알바도 아직 못 구한 상태라 시간이 좀 헐렁해서 더 생각이 났다. 생각이 나다 걱정되고, 아무 일 없을 거라고 스스로 위안하다 어느 순간 절망하고, 내 마음도 갈피를 잡을 수가 없었다.

중앙 공원은 며칠 새 녹음이 훨씬 짙어졌다. 더위를 피해 산책을 나온 사람들도 많아졌고, 운동하는 사람들은 더 늘었다. 경보 경기장인 것처럼 모두가 트랙에서 한 방향으로 빠르게 걸었다. 방금 태엽을 감아 놓은 사람들처럼 무리 속에서 이탈하는 사람도 뒤처지는 사람도 없었다. 손에 물병을 들거나 작은 아령을 들고 걷는 사람들, 그리고 가끔 구보로 트랙을 도는 사람들이 무리를 치고 나갈 뿐이었다. 이 무리들 속에는 나름의 룰이 있고, 일정한 관성이 있다. 단순히 나처럼 건성으로 공원을 도는 템포로는 금세 도태되고 말아, 계속 내 앞을 낯선 이들이 앞서나간다. 나는 슬그머니 무리를 빠져나왔다. 지난번처럼 공원 안쪽으로 들어가 마침 비어 있는 벤치에 자리를 잡았다.

'지영에게 문자를 해 볼까?'

'전화를 해 볼까?'

그러고 보면 나처럼 우유부단한 놈도 없다. 매번 이 모양이다.

안 되겠다 싶어 학원으로 발길을 옮겼다. 원장 선생님은 웬일이냐며 반기셨다.

"드디어 네가 자발적으로 연습하러 오다니."라며 나를 자리에 앉히셨다.

"영민아, 가을 수시 끝나고부터는 너도 곧 입시 준비 시작해야 돼."

"네. 근데요, 선생님. 요즘 지영이 학원 나와요?"

"너희들 서로 연락 못 했구나? 지영이 며칠 학원 못 온다고 하던데? 자세한 건 직접 물어봐."

"네."

전에 어깨 축 늘어뜨리고 서 있던 모습이 자꾸 걸렸다. 지영에게 한번 봤으면 좋겠다고 문자를 보냈다. 반나절이 지나고서야 지영에게서 답장이 왔다.

며칠 후, 공원 한적한 곳을 천천히 걸었다.

혼자가 아니라 지영과 함께이다. 뚜렷한 일 없이, 아니 누군가와 오롯이 시간을 보내기 위해서 공원을 거닐던 적이 언제였을까? 실감이 나지 않아 자꾸 손에 땀이 났지만, 한편으론 지영이 입에서 무슨 안 좋은 소식이 터져 나올 것 같아 마음이 불안했다.

"네게 연락 없어서 걱정했어. 그날 그렇게 가서…."

"네가 먼저 연락해 줄 수는 없었어?"

"그게 아니라, 난…."

"네가 먼저 연락해 줄지도 몰라 기다렸는데."

뭐라 할 말이 없었다. 가뜩이나 말주변도 없는데, 내 말이 채 끝나기 전에 화살처럼 박히는 지영이의 오늘 말투는 특별히 예민해 보였다. 지영이 말대로 내가 문자 정도는 해 볼 수도 있는 일이었다. 그런데도 매번 했던 대로 오겠거니 싶어 기다린다는 것이 시간이 지날수록 연락하는 게 더 어려워졌던 것이다.

그렇게 한참을 걸었다.

"어쩌면 나, 무용 그만둘 수도 있어."

"뭐? 아니 왜?"

"우리 부모님 이혼 절차 밟고 계셔."

이유가 지영에게 있는 게 아니고 부모님 때문이라는 말에 살짝 안도했지만, 그 또한 엄청나게 환경이 변화되는 거라 지영이가 받을 충격을 생각하니 예민했던 게 당연했다 싶었다.

"그럼 너는 누구랑…."

"누구랑 사냐고? 나도 아직 결정 못 했어. 나 사실 너무 혼란스러워. 사람에게 환멸도 느끼고… 창피한 얘기지만 우리 엄마 바람났거든."

나는 아무 말도 못 했다.

지영인 여태껏 살아오면서 아무 문제 없이 행복하다 자부했었고, 부모님 또한 행복할 거라고 생각했는데 그게 아니었다고 했다. 몇 번 아빠의 실수로 부모님이 대판 싸우는 걸 본 적은 있지만, 그건 어느 집안에나 있는 정도라고 생각했는데 이번엔 문제가 심각하다고 했다. 엄마는 정말 사랑을 하고 있었다고, 식구들 모두를 향해 당당히 공표했다고 했다.

지영이는 엄마와 친구처럼 지내고 무용 뒷바라지도 직접 나서서 해 주셨기 때문에 더욱 충격이 큰 것 같았다. 지금은 엄마를 미워하는 마음도 커 보였다. 그래서 무용이고 뭐고 다 그만둔다고 하는 것 같았다.

"넌 사랑을 믿니? 너희 부모님은 지금도 사랑으로 사시는 것 같아?"

지영이가 물었다.

"난 사실, 그런 면에서 생각해 본 적은 별로 없었어. 아마 예전엔 그러셨겠지. 그런데 너희 집과 우리 집은 좀 달라.

우리처럼 먹고사는 게 먼저인 집안에서는 우선 해결해야 될 공통의 문제가 너무 커서 '사랑' 같은 건 사치라고 생각하실 거야."

"그건 네 생각이고… 거봐. 너도 아직 너희 부모님을 잘 모르는 거야. 그분들도 부모 이전에 남자고 여자이니까."

갑자기 지영이가 낯설어 보였다. 조용조용하기만 하던 아이가 갑자기 딴 사람처럼 또박또박 말을 잘하니 말이다.

"웃기는 건 뭔지 알아? 한때는 죽고 못 살았을 부부였으면서 지금은 재산 문제 가지고 변호사 사고 싸우느라, 정작 왜 이혼하는지 문제는 아예 잊어버린 것 같다는 거야. 나는 이 기회에 혼자 독립하고 싶은데, 그건 안 된다고 해서 고등학교 졸업할 때까지만 할머니네로 들어갈까 아니면 유학을 갈까 고민 중이야."

'유학'이란 말에 힘이 쭉 빠졌다. 거긴 내게 있어 '별나라'와 똑같이 내 영역 밖의 세상이다. 어떻게 할 도리가 없는 곳이다. 우선은 할머니네로 들어가고 유학은 나중에 생각하라고 말해 볼까 아니면 솔직하게 나 너 좋아하니까 가지 말라고 고백을 해 볼까 순간적으로 판단이 안 섰다.

"우선은 너무 급히 결정하지 말고, 신중하게 생각을 더 해 보는 게 어때?"

'미친놈!' 끝까지… 허세 부리려는 것도 아니면서 생각과 말이 또 다르게 튀어 나가고 말았다. 지영은 아무 말이 없었다. 내 말이 영 위로가 안 되는 것 같았다.

공원 끝자락에서 우린 헤어졌다.

다시 연락하자든가 또 보자는 약속 없이 그냥 헤어졌다. 이 상황에서 내 마음을 드러내는 것은 지영에게 걱정을 하나 더 안겨 주는 것이란 생각이 먼저 들어 아무 말도 꺼내지 않았다.

본격적인 더위가 시작되었다. 그러나 내겐 더위가 큰 문제가 될 것은 없었다.

알바 자리는 구하지 못했다. 몇 군데 알아보긴 했지만, 구직자는 어른들도 넘쳐나는데 굳이 청소년을 받아 신경 쓰며 장사할 고용주는 없는 게 당연했다.

더위를 타는지 부쩍 힘들어하시는 엄마는 집에 오면 녹초가 돼 쓰러져 잠들고, 냉장고엔 먹을 반찬이 별로 없어 나는 배고플 때면 괜히 냉장고 문을 열었다 닫았다 습관적으로 주방만 오갔다. 어느 날엔 안 되겠는지 아빠가 주방에서 호박을 볶고 계셨다. 엄마가 십 분이면 할 일을 아빠는 삼십 분도 더 걸렸다.

엄마 퇴근 전에 우리끼리라도 저녁을 해결하자고 시작한 일인데, 예전 같으면 주방에 서 있는 아빠 모습이란 상상도 못 할 일이었는데 말이다. 그러고 보니 우리 집에도 개혁의 바람이 부는 것 같다. 전날은 가지나물 했다고 내 반응 궁금해하고 다음 날은 오이냉국 성공적이라고 자랑하는 아빠의 모습이 썩 멋있지 않은데도, 나는 엄지손가락을 번쩍 치켜들어 줬다.

가장의 모습은 역시 돈 벌어 오며 목에 힘 줄 때 가장 멋있어 보이는 거라면, 지금 열일곱 내 모습은 어떤 게 가장 멋있어 보일까? 물어보나 마나 답은 뻔하다. 엄친아처럼 미래가 촉망되는 청소년의 모습일 거다. 아빠의 모습을 공익광고 속 아빠처럼 세단을 타고 깔끔한 수트를 차려입은 걸로 상상하면 슬픈 것처럼, 아빠 또한 내 모습이 아빠 친구 자식처럼 특목고에서 SKY로 이어지지 못하는 것을 슬퍼하진 않을까 생각해 본다. 내가 낳아 달라고 한 것은 아니지만, 덜렁 낳았다고 평생 부모 탓만 하며 지낸다는 것도 사내새끼가 할 짓은 아니란 생각이 든다. 아이들만 사고를 치는 게 아니지 않은가? 우리 엄마 아빤 그래도 사고 치진 않으니 적어도 내 인생은 좋은 방향이든 나쁜 방향이든 예상 가능한 쪽으로 흘러가고 있어 놀랄 일은 아직 없다. 이런 생각을 할 때마다 그 끝에 자꾸 지영이가 생각나 궁금하고 걱정되어 미칠 지경이었다.

몇 줄 배운 것도 없는데 뭔 기말고사냐고 민철이가 풀썩 무릎 꿇는 이모티콘을 날려 왔다. 언제는 공부하고 봤냐고 내가 병맛 이모티콘을 날려 줬다.

'지영이는 어떤 결정을 내렸을까'

도저히 공부도 안되고 참을 수가 없어 문자를 보냈다.

-잘 지내니? 어떻게 하기로 했나 궁금해서ㅎ

-지금 나올래? 떡볶이 먹자ㅋ

학원 근처 아파트 상가에 오래된 떡볶이집이 있다. 삼십 년 가까이 된다. 예전 선배들 얘기로 젊은 '할머니떡볶이집'이었다는데 지금은 연세가 들어 꼬부랑 '할머니떡볶이집'이다. 우리들은 하도 맛있어 '마약떡볶이'라고 부르며 학원 애들끼리 가끔 갔던 곳이다. 지영은 흰 반팔 티셔츠에 반바지를 입고 나왔다. 팔을 들어 머리를 매만질 때마다 지영이 팔에서 은은한 풀꽃 향기가 났다. 나는 가급적 팔을 탁자에 올려놓지 않았다. 입던 남방을 걸치고 나온 터라 겨드랑이에서 혹시라도 땀 냄새가 날까 봐 걱정됐다. 아버지 향수는 하도 오래돼서 향기는 다 날아가고 훅 쏘는 냄새만 나기에 급한 김에 숲의 향이 솔솔 풍긴다고 광고하는 섬유 탈취제를 뿌리고 나왔다.

'설마 이상한 냄새는 안 나겠지?'

여자애들은 몸에서 자동으로 향기가 분사되는지 무용하는 애들은 한결같이 좋은 냄새가 나는 게 신기했다.

지영이 얼굴은 의외로 밝아 보였다.

"무용 학원은 요즘 안 나오는 거야?"

"응, 넌 요즘 알바하니?"

"아니, 쉬고 있지."

"나도 알바나 해 볼까 하는데…."

"넌 알바가 뭐 취미 생활로 보이니? 네가 뭐가 부족해 알바를 해?"

"꼭 부족해야 알바하는 건 아니잖아. 넌 뭐가 부족해서 알바했니?"

"그래. 난 가난해서 알바한 거고. 너처럼 경험이나 쌓아 보려고 알바한다는 애들, 요즘처럼 자리도 없는데, 정말 힘들게 알바 자리 구하는 애들한테 미안한 일이란 걸 알기나 하나 몰라."

"내 말이 그렇게 비난받을 소리였어?"

지영이가 빤히 나를 쳐다봤다. 충분히 할 수 있는 소리고, 내게는 자기 심정을 알아 달라는 뜻으로 하소연 비슷하게 한 건데, 내가 너무 발끈한 것 같았다.

"아, 미안해. 난 네가 너무 쉽게 말을 하는 거 같아서…."

"나, 정말 돈을 벌고 싶단 말야. 아빠는 무용 계속하려면 아빠랑 살아야 지원해 준다고 해. 행실 반듯하지 못한 에미 밑에서 뭘 배우겠냐고 하시는데, 난 그 소리도 듣기 싫고, 너무 당당하게 자신의 인생을 찾겠단 엄마도 꼴 보기 싫어서 돈 벌어 독립하고 싶단 말야."

"지영아!"

내가 이름만 불렀는데 지영인 벌써 눈물을 뚝뚝 흘리고 있었다. 누가 건드려 주길 기다리고 있었던 것 같았다. 정작 내가 하고 싶은 말은 시작도 못 하고 그저 이름만 불렀을 뿐인데, 눈물 저장고 가득 차 넘치는 것처럼 줄줄 멈출 줄을 몰랐다. 나는 기다렸다. 떡볶이는 이미 다 불어 죽이 되어 가고 있었고, 옆 테이블에서 떡볶이 먹던 아이들은 히죽히죽 웃더니 수근대며 나갔다. 누군가가 우리를 본다면 영락없이 치정에 얽힌 연애질을 하고 있는 걸로 보일 것이다.

Jane Lee, 이재인 선생님

여름날은 비구름의 크기를 늘렸다 줄였다 반복하며 지루했다. 외곽 순환 도로에서 내려오는 도로 주변으로 플라타너스 이파리가 얼굴을 가릴 수 있을 정도로 풍성하게 자랐다. 싱그런 깃발처럼 나무마다 푸른 잎들이 은유로 흔들리고, 지상의 노래는 비록 금속성의 기계음들이지만 여름거리에 가득 차 신났다.

개학과 방학의 경계가 불분명한 가운데 우리의 꿈도 모호한 상태로 흘러가고 있었다. 공부하라고 다그치는 사람도 없었다. 각자의 자리에서 버텨 내는 일이 더 시급한지 어른들은 우리에게 눈 돌릴 여유가 없어 보였다.

내 목은 드문드문 아프고, 엄마는 다행히 마트에서 잘리지 않았다. 아빠는 할 수 있는 요리 가짓수가 하나씩 늘어

갔다. 식탁에 온 식구가 모여 앉는 서먹함이 적응되어 가고 있다. 모든 것이 그렇고 그런 중에도, 내 마음은 가끔 이유 없이 싱크홀처럼 푹 꺼졌다.

무용 학원에 다니던 원생들도 입시 준비를 하는 애들을 빼고 초등부와 중등부는 서서히 줄었다. 긍정적인 원장 선생님께서는 까짓것 산 사람 입에 거미줄 치겠냐며 웃곤 했지만, 그 웃음이 사라지지 않게 어서 모든 것이 정상으로 돌아갔으면 좋겠다고 처음으로 빌었다.

마침 비보이 연습이 있는 주말이어서 학원에 문을 열고 들어갔는데 웬 낯선 손님이 와 있었다.

"영민아, 이리 와 인사드려!"

"안녕하세요?"

"이쪽은 제인 리 선생님이셔. 제인 리 선생님은 중학교 때 우리 학원에 다니다 캐나다로 이민 간 교포신데 토론토에서 무용학 석사 마치고 미주권에서 예술가로 활동 중이셔. 소설도 두 권이나 내신 작가란다. 이번에 우리 부천에서 하는 레지던시 모집에 선발돼 한국에 두 달 머무르실 거야."

무슨 말인지 정확하게 이해는 안 됐지만 원장 선생님 소개로는 대단한 사람인 것 같아 보였다.

"하이, 영민! 난 이재인이라고 해. 영문 이름은 Jane Lee. 한국 전통 무용으로 입문했고 이민 가서는 현대 무용을 전공했어. 내가 주로 하는 것은 창작 무용이지만 관심은 퓨전 쪽에도 많아. 이곳에 오기 전, 전통과 현대의 조화인 비보이와 콜라보 공연을 유튜브로 봤는데 매우 인상적이었어. 한국에 머무는 동안 그와 관련된 자료들을 공부하고 싶은데 많이 도와줘."

무용을 해서 그런지 몸 선이 아름답고 교양 있는 분 같았다. 한국말도 아주 잘해서 난감하지 않았다. 거침없는 자기표현과 당당함을 보며 신기하기도 하고 멋있기도 했다.

정작 나는 스웩이 있어야 할 비보이면서도 보이는 것과 내 안의 모습이 편차가 커서 나를 표현하는 일이 항상 부족했다. 아니 불편했다고 해야 정확할 것이다. 형제 없이 외아들로 큰 탓이라고 생각했다. 가난이라는 결핍을 겪다 보니 자연스럽게 성격이 이렇게 형성된 부분도 있지 않을까 생각했다. 그런데 지금 내가 보고 있는 저 모습은 뭘까?

"뭘 도와드려야 할진 모르지만… 필요하신 게 있으시면 언제든 얘기하세요."

입국하고 우리 무용단의 유튜브를 모두 봤다고 했다. 그리고 내 춤이 역동적일 뿐만 아니라 선도 예쁘다며 칭찬을 아끼지 않았다. 외국에서 오신 분이 내 춤 영상을 봤다고 하니 기분이 무척 좋았다.

제인 선생님은 평일에는 자료 준비를 위해 도서관이나 대학교를 돌아다니셨지만, 주말에는 우리 비보이 연습하는 장면들 영상도 찍고 모니터링도 열심히 했다. 어떤 때는 무용단과 비보이가 합동 연습을 하기도 하고 이전의 작품들을 재연해 찍기도 했다.

그러던 어느 날, 지영이가 예전에 했던 작품 재연을 위해 학원에 왔다. 내가 없을 때 이미 제인 선생님과는 많이 친해졌는지 농담까지 주고받았다. 애들 못 듣게 농담을 주고받을 때는 영어로 둘이서만 소곤거리기까지 했다. 지영인 어려서부터 영어를 배워 고등학생답지 않게 영어 소통이 자유로웠다. '도대체 저 애는 어릴 때 뛰어놀지 않고 뭘 한 거지?' 이젠 더 기죽을 것도 없어 그저 부럽기만 했다.

"지영아, 가을에 콩쿠르 나가는 거야?"

"잘 모르겠어. 아직 결정이 안 나서."

"콩쿠르 나갈지 결정이 안 났다는 거야?"

"아니."

지영이 눈치를 보니 고민해 오던 그 문제가 아직 해결이 나지 않았다는 얘기였다.

"네 일이니까 결정은 네 의견이 제일 중요할 텐데."

"맞아. 인제 와서 다시 일반 입시 준비하는 것도 너무 힘들 것 같긴 해. 할머니 집에서 학교 다니기가 너무 멀어서 그거 의논 중이야."

제인 선생님은 시에서 마련해 준 숙소에 계신다. 연습이 끝나고 우리가 가던 떡볶이집에도 같이 갔었는데 매운 것도 아주 잘 드셨다. 우리가 '제인 선생님, 제인 선생님' 하면, 그러지 말라고 손사래를 치며 그냥 '제인!'이라 부르라고 했다.

누가 장난으로 "누나!" 하고 불렀다. 제인 선생님은 손뼉을 치며 아주 좋은 호칭이라고 했다.

제인 선생님과 헤어지고 아이들과도 헤어진 후 지영이와 둘이 공원 벤치에 앉았다.

"영민아, 넌 꿈이 뭐야?"

갑자기 훅 치고 들어오며 지영이가 질문했다.

여태 한 번도 나에 대해서 궁금한 것 없는 것 같던 애가 더구나 '꿈'에 대해서 물어보니 말문이 막혔다.

"꿈? 글쎄, 별로 생각해 보지 않았다면 너 웃을 거지?"

"웃긴, 그럴 수 있어. 나도 무용을 빼고 말하라면 아무것도 생각 안 나니까."

"사실, 너와 다르게 난 비보이로 성공하리란 생각을 별로 안 해 봤거든. 물론 한국이 세계 제패도 하는 강국인 건 알지만, 그건 극소수의 얘기고… 이걸로 성공한다는 건 내가 생각해도 실현 가능한 건 아니라는 거지."

"왜? 네 실력은 알아주는 실력이잖아."

"하하, 우물 안 개구리지. 솔직히 말하면 난 내 미래를 생각하면 두려워. 아빠 나이가 되어서도 할 수 있는 건 아니잖아."

"그건 나도 마찬가지야. 엄마 나이가 되어서도 무용을 할 수 있는 건 아니니까, 그 이후엔 내 삶이 어떻게 변할까 생각하면 불안하고 두려운 건 사실이야."

"누가 물으면 '꿈이 없다'는 말은 쪽팔리는 얘기고 생각 없이 사는 애처럼 보이겠지만, 사실 우리 주변에 꿈이 확고한 애들 몇이나 있을까? 일단은 공부 잘하는 애들 몇 빼곤 말이야."

"호호, 그러게 말이야."

모처럼 의기투합했다.

지영인 지난번 엄마의 그분을 함께 만나 봤다고 했다. 나도 물어볼 순 없었지만, 지영이가 어떤 기분이었을지 무척 궁금했다. 내 마음을 알기라도 한 듯 지영이는 솔직하게 얘기해 주었다. 처음 '엄마의 남자'로 봤을 때는 '가정 파괴범'이라는 생각이 너무 많아 미움만 가득하고 단점만 눈에 띄었는데, 조금씩 대화를 나누다 보니, 저 남자도 그저 '슬픈 사랑'을 시작한 평범한 사람으로 연민이 느껴지더라고 했다.

나는 '그게 가능해?'란 눈빛으로 지영이 눈을 바라봤다. 미움과 절망과 좌절과 허탈을 겪으며 실컷 울어 더 이상 눈물도 안 날 때쯤 되니까 천천히 생각이 정리되더라고 했다. 그렇다고 아빠 삶의 방식을 옹호할 생각은 단 1도 없다고… 엄마가 저렇게 되기까지 아빠의 원인도 많다고 생각하는 것 같았다. 자식 입장에서 마치 판사처럼 누가 더 잘못했는지 객관적으로 판단하는 것은 정말 웃기는 경우라며, 내가 판단하는 엄마 아빠의 모습은 그렇다 치고, 엄마 아빠가 서로의 단점을 마치 제보라도 하는 것처럼 들려줄 때, 그걸 들어야 할 때가 제일 기분이 더러웠다고 했다. 이해할 수 있을 것 같았다.

"아빠에게 사정해 대학 1학년 정도는 마치고 유학 가는 걸로 얘기는 됐는데, 그전까지 살던 집에서 살 수는 없을 것 같아. 이사는 갈 거야."

아파트를 따로 얻어 아빠와 이삼 년 살 것 같다고 했다.

"아빠까지 그 집으로 새엄마 들이는 날이 있을 수 있으니 그 전에 얼른 유학 가야지."

그 얘기를 하면서 모든 걸 초월했다는 듯 깔깔 웃었다.

더 이상 갈 수 없어 선 곳,
섬!!

마른장마도 맥을 못 추고 끝나 가고 있었다.

더위는 제대로 기승을 부렸다. 아열대 기후로 변해 간다며 어른들은 혀를 끌끌 차고, 지구촌 곳곳에도 폭염으로 이글거리는 뉴스가 가득했다.

원장 선생님이 노후에 살려고 마련한 강화도 집에 제인 선생님을 초대했는데, 혼자 오시라고 하기 그렇다고 지영이와 나 그리고 민철이까지 초대를 받았다. 원장 선생님이 직접 엄마에게 전화를 해 주셨다. 주말을 선생님 집에서 자고 일요일 같이 나올 거니 걱정 마시라고 허락을 받았다. 전에는 여름 방학 겨울 방학에 두 차례 정도 큰 공연을 마치고 나면 무용단 전체가 워크숍 겸 가까운 곳으로 여행을 다녀오곤 했는데, 지금은 전혀 그런 일이 없다 보니 단합이나 끈

끈한 정이 돈독해질 기회가 드물었다.

제인 선생님이 렌트한 차는 코발트블루로 피크닉 분위기가 물씬 풍겼다. 아이들은 차를 보자마자 환호했다.

“와, 이거 쿠바 여행 가는 거 아니에요? 하하.”

흰 바지에 청남방을 걸친 민철이가 조수석에 떡하니 올라타며 말했다.

자연스럽게 뒷좌석엔 지영이와 내가 탔다. 지영이의 청반바지와 노란색 티셔츠, 그리고 내가 입은 하얀 티셔츠가 룸미러에 환하게 비쳤다. 제인 선생님은 원장 선생님 댁 주소를 내비게이션에 입력시키고 룸미러를 힐끗 보며 출발을 외쳤다.

“제인 선생님, 음악 틀어도 돼요?”

“물론이지.”

민철이가 산타나의 <Smooth>를 틀었다. 나도 좋아하는 곡이다. 얼마 전 모 밴드 오디션 프로그램에서 국내 밴드가 불러 원곡보다 더 히트 치기도 했던 라틴 록! 아까부터 쿠바 얘기를 하더니 민철이 마음은 벌써 그곳으로 떠나고 있나 보다.

우리는 한동안 곡에 심취했다. 제인 선생님은 운전대 위에 얹은 손가락을 까딱까딱, 어깨를 들썩이며 리듬을 타고,

민철인 완전 제대로 느낌을 타 상체를 흔들었다. 그 모습을 보고 지영과 나도 오랜만에 무장 해제가 된 채 활짝 웃었다.

"제인 샘! 쿠바 가 보셨어요?"

민철이의 질문에 선생님은 기다렸다는 듯이 대답했다.

"물론이야. 내가 가 본 곳 중 최고야!"

"와!"

우리 셋의 입에서 동시에 감탄사가 쏟아졌다.

"뭐가 제일 좋으셨는데요?"

"뭐랄까? 쿠바는 좀 달랐어. 쿠바의 시간은 1950~60년대에 멈춰 있는 것처럼 건물들도 낡았고 경제도 어렵지만, 그걸 받아들이는 사람들의 태도는 너무 긍정적이고 행복해서 마치 그들이 의도적으로 시간을 잡고 있는 것처럼 느껴졌거든. 쿠바의 자동차 색깔만 봐도 느껴지잖아. 박물관에나 들어가 있어야 할 올드카를 고치고 광내, 멋지게 칠하고 달리는 알록달록 형광색은 너무 멋져. 시멘트가 드러난 낡은 건물들을 빈티지풍의 새로운 멋으로 변화시킨 것도 그렇고… 그냥 한 마디로 '자유'란 단어가 떠오르는 거야. 정말 매력 있는 나라지."

선생님의 쿠바 사랑은 그칠 줄을 몰랐다.

"와, 정말 가 보고 싶다."

민철이가 턱이 빠질 정도로 감탄을 했다.

"뭐가 어려워? 너희들 대학만 들어가면 여행 가면 되지. 이 멤버 그대로 쿠바 여행 갈까?"

"와우~!!!"

우리는 모두 환호성을 질렀다.

"선생님, 오늘 이 약속 꼭 지키셔야 해요. 저도 꼭 가 보고 싶은 나라였거든요. 선생님은 진짜 멋있으세요." 지영이도 거들었다.

"그라시아스!"

손가락 경례를 하는 제인 선생님 머리칼이 열어 놓은 차창으로 들이치는 바람에 몇 가닥 날렸다. 나는 지영이 손을 꼭 잡았다. 지영이는 앞만 바라보고 아무 일도 없는 척 미소만 짓고 있었다. 우리의 두 손은 앞 좌석에선 절대 아무도 눈치 못 챘을 것이다. 나는 심장이 쿵쿵거려 이 소리가 앞에 들릴까 봐 괜히 헛기침을 했다. 민철인 노래를 따라 부르고 있었다.

노을이 서쪽 하늘을 붉게 물들이기 시작했다. 신나는 음악에 맞춰 차는 들썩들썩 춤을 췄다. 초지대교를 건너가며 맡는 짭조름한 바다 냄새가 얼마 만인지 감개무량했다. 시

커멓게 드러난 갯벌이 저녁노을을 받아 반짝이며 거대한 고래가 누워 있는 것처럼 꿈틀거렸다.

"어릴 때 동막해수욕장으로 온 가족이 몇 번 놀러 온 적이 있었는데 그때가 내 인생에서 가장 행복했던 순간이었지."

"선생님은 지금도 최고로 행복하실 거 같은데, 겨우 동막해수욕장이란 말이에요?"

조수석에 앉은 민철이가 선생님 쪽으로 고개를 획 돌리며 말했다.

"응, 아빠와 함께한 기억의 마지막이 동막해수욕장이거든. 아빠가 암으로 돌아가시고, 가세가 갑자기 기울어 그때 내 생활은 몽땅 뒤집어졌어. 그래서 외삼촌이 계시는 캐나다로 이민을 간 거고."

이민을 가고, 성공을 해서 돌아온 선생님은 무조건 집안도 좋고 돈도 많아 행복할 거라는 내 선입견이 여지없이 무너졌다.

"이민 간다고 친구들은 부러워했는데, 난 정말 많이 슬펐거든."

왠지 그 말에 진정성이 담긴 것 같아 우리는 가만 듣기만 했다.

강화도에 도착한 것은 땅거미가 질 무렵이었다.

원장 선생님은 학원에서 연습 때의 불호령이나 깐깐함은 어디로 감추셨는지 완전 펜션 집 사장님처럼 푸근하게 우릴 맞아 주셨다.

"어서 오세요. 제인! 그리고 내 똥강아지들!"

집은 마니산 밑에 자리한 소박한 풍경이었다. 컨테이너 몇 개를 이어 붙여 건축했는데 그리 크지는 않았다. 오히려 마당에 더 공을 들인 흔적이 보였다. 마당은 현관 나가자마자 데크가 넓게 깔려 있고, 계단 두어 칸 아래부터 잔디가 잘 심어져 자라고 있었다. 뚜렷하게 담장도 따로 없었다. 입구부터 현관까지 이어져 깔린 넓적한 돌이 가정집임을 가르쳐 주는 듯했다.

집 안으로 들어가기 전에 원장 선생님은 그 돌길을 가리키며 공사판에서 남는 거 주워다 까느라 허리 부러지는 줄 알았다며 주말마다 집 가꾼 무용담을 시작했다.

작은 주방과 식탁에 식재료가 가득 쌓여 있었다.

"영민아, 손 씻고 민철이랑 이거 마당으로 옮기자. 제인 선생님과 지영이는 저 방에 짐 풀고 마당으로 나와요."

마당 한쪽에 잔디를 걷고 아예 불을 피우려 작정한 듯 바비큐장을 만들어 놨다. 이웃집과도 꽤 거리가 떨어져 마당에서 고기를 구워도, 노래를 해도 뭐라 할 사람 아무도 없어 보였다.

원장 선생님은 능숙하게 토치로 불을 붙였다. 금세 벌겋게 숯이 달아오르고, 석쇠에 삼겹살이 얹어졌다. 소시지와 버섯, 강화도 노랑 고구마도 함께 올려졌다. 제인 선생님은 너무 아름다운 곳이라며 신이 나셨다. 민철이도 집안과 밖을 오가며 고기며 쌈 채소들을 나르느라 분주했고, 쟁반을 든 채 흔들흔들 춤을 추며 다녔다. 워낙 흥이 많은 녀석이라 원장 선생님도 그 점을 예뻐하신다.

지영이도 모처럼 기분이 좋아 보였다.

나도 무조건 좋았다.

'좋은 사람과 함께라면 목적지가 어디든 즐겁다'는 문구를 보면서 엿같은 소리라고 인정하지 않았던 나인데, 지금은 그 말 반성문이라도 쓰고 싶을 정도로 모든 것이 꿈만 같다.

"자, 지영이랑 영민이도 콜라 한 잔씩 받아." 민철이가 "나는 왜 빼요?" 하면서 컵 든 손을 불쑥 내밀었다.

"지영이 그간 맘고생 많았다. 그래도 언제나 씩씩해서 예뻤어. 자, 영민이도, 네 덕분에 지영이 눈물이 반으로 줄어들었을 테니 그건 네 공이야. 애썼다."

제인 선생님도 오가는 얘기를 종합해 대충 눈치채셨는

지 지영이 어깨를 꽉 안아 주었다.

무용단 전체가 왔다면 와글와글 떠들고 수다 떨다 먹고 자는 게 보통인데, 오늘은 조촐한 인원이다 보니 서로에게 집중하게 되는 것 같았다. 원장 선생님은 강화도에 집을 지은 이유를 말씀하셨다. 정신없이 앞만 보며 살아왔더니 어느 날 몸속에 혹이 있다는 판명을 받았고, 한 일주일 울다 수술 말고 다른 치료부터 해 보기로 하면서, 그때부터 땅을 알아보러 강화도를 찾았다고 했다.

"왜 하필이면 강화도였어요?"

"글쎄, 난 그냥 이 섬이 좋았어. 산도 있고, 바다도 있고, 생활 터전에서 그리 멀지도 않고 말이야. 그때 불현듯 머리를 땅하고 치는 것이 있었거든. 이게 다 무슨 소용인가 싶었어. 모든 게. 내가 쌓아 놓은 명성, 무용, 자식들, 남편… 내가 가장 중요하게 여기는 이 많은 것들이 내가 없으면 아무 의미 없는 것들인데, 내가 없어지고 난 후 그들에게 없는 나를 붙잡고 잊지 말고 매일 울어 달라고 할 수도 없는 문제고 말이야. 삶은 늘 한적하지 않으니까…."

그 뒤로 가치관 자체가 달라졌다는 원장 선생님 말씀에

제인 선생님도 고개를 끄덕이며 동조했다. 우리는 조용히 들었다. 솔직히 아직은 다 이해할 수는 없었다. 그러나 입장을 바꿔 우리 엄마 아빠가 그런 경우였다면, 나는 과연 어떻게 대처할까를 생각해 보면 비슷하게 답이 나오는 것 같았다. 그렇다고 비관론자가 된다는 것은 아닐 것이다. 조금 더 진지하게 삶을 대하고, 조금 더 신나게 인생을 즐기고, 조금 더 사랑하자는 뜻 아닐까 싶었다.

상추 한 장을 들고 만지작거리던 지영이가 고개를 푹 숙이며 조용히 흐느꼈다.

"어라? 심각하자고 시작한 얘기가 아닌데… 이거 큰일 났네. 지영아! 이쁜 지영이, 선생님이 정말 미안하다."

제인 선생님이 지영일 데리고 집안으로 얼른 들어가며 눈짓을 했다. 걱정하지 말라는 뜻이다.

어색한 시간이 흘렀다. 현관 외등에 날파리들이 모여들고, 해충 퇴치기에 나방들이 타닥타닥 타 죽는 소리가 들렸다.

민철이가 입을 열었다.

"원장 선생님, 현관 앞 데크가 꼭 무대 같아요. 잔디밭에서 작은 공연해도 좋을 것 같은데요?"

"내 꿈은 좋은 사람들과 이곳에서 네 말대로 작은 공연으로 즐거운 시간을 보내고 싶어 데크를 깐 거야. 사실은."

"그럼, 그 오프닝 무대 저희 둘이 끊어 볼까요?"

"그래. 지영이랑 제인 선생님도 이제 나오라고 하자."

지영이도 진정이 됐는지 부끄럽다고 얼굴을 가리고 나왔다. 제인 선생님은 갖고 다니는 캠코더를 얼른 꺼내 놓았다.

민철과 나는 오래전, 비보잉을 처음 시작했을 때를 떠올리며 신나는 비트를 골라 틀었다. 세상에서 가장 작은 무대, 그러나 내 마음속에선 가장 큰 무대이다. 내가 믿고 존경하는 원장 선생님과 지구 끝까지라도 따라가고픈 지영이, 그리고 내 롤 모델로 삼고 싶은 제인 선생님, 열악하고 좁은 무대지만 우린 최선을 다했다.

제인 선생님과 원장 선생님은 자리에서 일어나서 비트에 맞춰 함께 리듬을 탔다. 그리고 지영이 팔을 양쪽에서 일으켜 세우는 모습이 보였다. 지영이도 일어났다. 처음에는 작은 몸짓이었다가, 조금 더 동작이 크게, 그리고 조금 더 동작이 커져 가며 지영이의 얼굴은 불빛에 빨개지고 있었다. 나는 두 눈이 부옇게 흐려지며 눈물이 조금 나왔다. 모르겠다. 그 눈물이 무엇 때문이었는지, 엄마 때문인 것도 같고, 아빠 때문인 것도 같고, 지영이 때문인 것도 같았다. 아니 나 때문일지도 모른다. 먼 동네에서 개가 컹컹 짖었다.

창밖에서 지저귀는 새소리가 몇 옥타브를 뛰어넘으며 하도 시끄러워 잠이 깼다.

몇 시나 됐을까 창밖이 환했다. 주방에서 도마를 두드리는 경쾌한 칼질 소리, 원장 선생님이 벌써 일어나셨나 보다. 민철이는 아직도 꿈속이었다. 나는 민철이를 흔들어 깨웠다. 부스스한 채 혼자 나가는 게 민망했기 때문이다. 민철이는 눈을 뜨자마자 또 배가 고프다고 했다.

"넌 도대체 엊저녁에 그렇게 고기 먹고도 또 배가 고프냐?"

"오늘은 또 새날이 밝았잖아. 난 끼니는 꼭 찾아 먹자는 주의거든. 하하."

주방에선 숙녀분들 모두가 다 들어가 분주히 움직이고 있었다.

"굿모닝? 배고프지? 조금만 기다려."

둘러보니 원장 선생님은 어제 먹다 남은 삼겹살을 넣고 김치찌개를 한 냄비 끓이고 계셨고, 지영이는 전기밥솥에 밥을 안치고 있었다. 제인 선생님은 오믈렛을 해 주겠다고 계란을 들고 왔다 갔다 하셨다.

"저희는 뭐하면 될까요? 힘쓸 일 있으시면 시키세요."

말이 떨어지기 무섭게 원장 선생님은 대문 밖 잡초더미

를 가리키셨다.

“지난 주말에 베다 말았는데 장갑 끼고 너희가 마저 베어 주면 감사하지.”

“옛썰!”

작년 여름에 집을 짓고 원장 선생님이 어느 날 학원에 오셨는데, 온 얼굴에 풀독이 올라 피부가 벌겋게 부어오르고 난리가 난 적이 있었다. 비 한 번 올 때마다 무성해지는 잡초를 장갑 없이 맨손으로 잡아 뜯으셨다고 했다. 그 생각이 나서, 낫으로 조심조심 풀을 베며 마음이 짠했다. 민철이 가슴에도 내 가슴에도 풀더미를 안았던 티를 내느라 가뭇가뭇 벌레들이 눌러 붙었다.

영화 같은 1박 2일을 마치고, 올 때는 원장 선생님까지 모두 다섯 명이 타고 왔다.

민철이는 뒷자리로 밀려와 커플 틈에 끼어 죄송하다고 너스레를 떨었다. 지영이가 주먹으로 머리를 쥐어박았다.

내 목은 드문드문 속을 썩였다. 병원에 갈 땐 괜찮고, 괜찮아진 것 같아 안 가면 또 아프고 그런 일상이 반복되었다.

지영이는 아빠와 중1짜리 남동생과 함께 학원 근처 주상 복합으로 이사를 했다. 엄마는 엄마의 남자와 함께 서울로 떠나갔다고 했다. 엄마 옷은 떠나기 전에 본인이 정리해 택배로 보내고, 쓰던 장롱이며 그릇들은 모두 버렸단다. 엄마 쓰던 물건을 갖고 가기 싫다고 직접 말씀은 못 하고 아빤 자식들 눈치를 보며 이사 갈 집에 옵션으로 다 있어서 필요 없다고 했다고. 지영이도 사실 엄마 물건 보면 자꾸 생각날까 봐 동의했는데, 어린 동생은 아직 사춘기라 짐이 빠져나갈 때 많이 울었다고 했다. 그럴 때 지영이 가슴에는 비수가 꽂혔을 것이다. 다 그만두고 엄마가 그렇게 예뻐하던 막내를 두고 막내 마음에 저렇게 큰 상처를 주고 떠날 수가 있을까? 다신 우리 얼굴 못 보게 할 거라고, 아무리 빌어도 오늘 일을 꼭 기억했다가 절대로 만나지 않겠다고 다짐했다며 전화로 울먹였다. 지영이 아빠는 그날 술을 진탕 마시고 짐 정리도 안 한 채 거실에 널브러져 잠이 드셨다고 했다.

제인 선생님의 레지던시 나날도 반이 훌쩍 지나갔다. 짧은 여름방학도 어느 결에 지나갔는지 여름도 끝자락을 향해 달리고 있었다.

아빠는 여전히 구직 중이셨고 엄마는 마트에 열심히 출근하셨다. 내핍하는 생활이 길어지다 보니 내 행동에도 많은 제약이 따랐다. 엄마는 내게 필요한 용돈은 그대로 주겠다고 했지만, 난 엄마가 주는 용돈의 절반은 항상 떼고 주머니에 넣었다. 별로 돈 쓸 일은 많지 않지만, 그래도 2주 정도 지나면 용돈이 바닥났다. 웬만한 거리는 운동 삼아 걸어 다녔다. 교통비 들 일도, 아이들 만나는 일도 줄어들어 그나마 다행이었다.

지영과 사이는 괜찮았다. 다만 지영이의 입장도 그렇고, 나도 맘껏 만나서 놀 여유는 없어 주로 문자나 전화로 대화하는 게 대부분이었다. 지영인 무용 이외에도 입시 준비를 차근차근하고 있다고 했다. 엄마 아빠 이혼한 게 다 소문나 당분간은 입시 학원보다 과외를 하고 있다고.

요양원에 계시던 민철이 할머니가 코로나에 확진돼 돌아가셨다. 우리 학원에서는 평소 같으면 단체로 문상을 갔었을 텐데, 그러지 못했다.

일찍 철든 아이들

시간은 잘도 갔다. 그러던 어느 날, 아침을 먹고 치우는데 민철에게 문자가 왔다.

-큰일 났어. 어젯밤 준혁이가 다쳤대

-왜?

-알바하다 오토바이 사고 났나 봐

-헐, 많이 다쳤어?

-팔 부러졌다는데 정확한 건 몰라

준혁이는 우리 비보이 중 막내다. 준혁이네도 가정 형편이 썩 넉넉지 않아 저녁에 배달 알바를 하고 있었다. 동네 정형외과에 입원하고 있단다.

학원 끝나고 가면 면회 시간도 끝나니 학원 가기 전에 시간 되는 애들만 잠깐 가 보기로 했다.

비보이 서너 명과 무용단원 여자애들 두 명이 왔다. 정형외과 한구석에 환자복을 입고 깁스를 한 채 누워 있는 준혁이는 얼굴까지 긁혔는지 반창고를 덕지덕지 붙이고 있었다.

“형, 미안해요.”

“팔은 얼마나 다쳤대?”

“골절됐는데 한두 달은 춤추지 말고 쉬어야 한대요.”

“병원비는?”

“가해 차량이 모두 보험 처리할 거라 괜찮아요.”

“어머니는 안 오셨어?”

“아, 아까 오셨다 일 나가셨죠.”

왜 우리는 딴 애들처럼 병원에 입원하면 학교 안 가 신난다고, 학원 안 가 신난다고 하지 못하고, 어른들이 걱정해 주어야 할 병원비 걱정부터 하고 있는지, 생각해 보면 한심하다. 그래서일까? 어느 선생님은 ‘쟤네들 눈은 그냥 쳐다보는 것도 불량하다’고 한 적이 있었다. 원장 선생님도 처음 우리가 학원에 갔을 때 눈빛이 무서웠다고 하셨다. 그 눈빛을 돌려놓느라 두 해가 걸렸다고 웃으셨던 기억이 떠올랐다.

우리들의 눈빛은 왜 그렇게 보였을까?

어쩌면 그건 적대의 눈빛이 아니라 불안의 눈빛이었을지도 모르는데, 왜냐하면 우리는 현재도 그리고 미래도 불안했으니까.

"준혁아, 심심할 때 봐."

무용단 희현이가 가져온 만화책 두 권을 슬그머니 침대에 내려놨다. 모두 다 웃었다.

"야, 어차피 쉬는 거 이 기회에 푹 쉬어라. 우리가 시간 날 때마다 들를게."

십시일반으로 사 간 음료수 박스를 내려놓고 다들 병원을 나왔다. 그렇게 잘 떠들던 애들이 아무 말도 안 했다. 이런 일이 한두 번 있는 것이 아니라, 우리는 데자뷔처럼 가끔씩 이 상황을 겪는다. 돌아가면서라고 하긴 그렇지만, 대부분 한 번씩은 다쳐서 입원하는 일을 겪었을 거다. 학교와 알바 일을 병행하기란 말처럼 쉬운 게 아니니까. 그래서 큰 대회를 준비할 때마다 원장 선생님은 제발 다치지 말라고 노래를 하시는 거다.

학원에 들어서자 원장 선생님께서 수업하다 말고 쫓아오셨다.

"준혁이 어떠니?"

"괜찮은데, 춤은 두 달 정도 하지 말라고 했대요."

"에구, 어쩌냐?"

준혁이 자리를 비워 놓은 채 그날 우리는 다른 날보다 더 열심히 그리고 진지하게 춤을 추었다.

무용단엔 고3 누나들이 몇 명 있어서 입시 준비를 하느라 아침부터 밤중까지 안쓰러울 정도로 강행군이다. 수시를 앞두고 무용 콩쿠르가 속속 열리고 있다. 무용 쪽은 하도 조기 교육이 잘 돼 일찍부터 시작한 재원들이 많기 때문에 그들과의 경쟁은 더더욱 치열하다.

예능계 진학은 콩쿠르 성적에 많이 좌우되니 중학교 때까지 하다 고등학교 진학하면서 재능 없는 애들은 스스로 그만두기도 한다. 또 작품 하나 만들고 대회 출전하려면 비용도 많이 들다 보니 가정 형편이 어려운 아이들은 자연스럽게 무용을 포기하는 일도 많다.

세상일은 뭐 하나 쉬운 게 없다.

우리 무용단 출신 중엔 대학에서 강사를 하고 있는 분들도 많고, 무용 학원을 차린 원장님들도 많다. 개중엔 유학 간 분들도 있다. 그러다 보니 제인 선생님처럼 그런 인연으로 다시 만나는 경우도 있다. 난 비보이도 과연 그럴 수 있을까 걱정되었다. 하긴 2024년 파리 올림픽부턴 브레이크도 정식 종목으로 채택되었다니 조금은 달라질 수 있을 거란 희망이 있긴 하지만 말이다.

원장 선생님은 내가 실용무용학과에 가서 이론을 겸비하고 영역을 넓혀 현장에서 뛰든, 후배를 양성하든 하는 게 어떠냐고 하신다. 처음엔 자신 없어 어림없는 일이라고 생각했지만, 구체적으로 실현 가능한 일이라는 것을 차근차근 설명해 주신 이후로 조금은 욕심이 생겼다.

우리의 생일

지영과 내 생일은 일주일밖에 차이 나지 않는다.

작년엔 따로 만난 적은 없고 문자로 축하를 해 주었는데, 아무래도 올해는 지영이가 힘든 일도 겪고 해서 좀 제대로 축하를 해 주고 싶다. 며칠째 아무리 생각해도 좋은 아이디어가 떠오르질 않았다.

좋은 아이디어가 있으면 돈이 많이 필요하고, 돈 없이 생각해 보면 안 하느니만 못하게 초라하고. 또 부자인 지영이가 필요한 게 뭘까 생각도 나지 않는다. 인터넷으로 싸구려 쇼핑만 하는 내가 봐도 지영이가 입은 옷은 티셔츠 하나도 다르게 보였다. 대충 내가 아는 몇몇 브랜드가 아닌 걸 보면, 그보다 한 수 위인 초고가일지도 모른다. 전혀 내색을 안 하고 다니는 애라 얼핏 보면 모르지만 말이다.

혹시 내 생일 챙겨 달라고 부담 주는 것으로 받아들이진 않을까?

일단 전화로 물어보기로 했다.

10분 후에 과외 끝난다고 지영이에게서 문자가 왔다.

"영민아, 준혁인 좀 어때? 한 번도 못 가서 미안해 죽겠네."

"괜찮아, 내가 대신 다녀왔잖아? 하하."

"뭐? 어떻게 네가 다녀온 게 내가 다녀온 거랑 마찬가지야?"

"부부는 일심동체라고. 하하하."

"너 죽는다? 하하."

지영이도 오랜만에 깔깔 웃었다.

"며칠 있다가 네 생일인데 어떻게 할까 싶어서…."

"응, 생일날은 가족끼리 밥 먹을 거라 안 될 것 같고, 너랑 일주일 차이니까 그 중간 어디쯤 우리 공동의 생일을 잡으면 어때? 주말에."

"아, 그거 좋은 생각이네. 넌 생일 선물 뭐가 필요해? 아무리 생각해도 생각이 안 나네."

"나? 필요한 거 없는데… 그러지 말고, 우리 그날 둘레길 산행하자. 내가 도시락 싸 갈게."

"뭐? 하하. 그건 전혀 생각 밖의 얘긴데? 야 근데 생일날 산행하는 사람도 있어?"

"뭐 어때? 우린 둘 다 체력을 키워야 춤을 추는 사람들이니까, 따로 시간 내지 말고 둘이 걷는 것도 의미 있잖아. 힘든 산행도 아니고 둘레길 걷는 거니까."

"좋아. 굿 아이디어!"

전화를 끊고 아무리 생각해 봐도 웃음이 나왔다. 아줌마 아저씨들도 아니고 산행이라니? 지영인 언제나 내가 상상하는 그 이상이다. 이런저런 선물로 고민하던 내 머리는 순식간에 복잡해졌다. 산행에 필요한 게 무얼까 검색해 보니 아웃도어 용품들이 주르르 나왔다. 정식 산행이 아니라 둘레길 걷는 거니까 그런 것도 해당 사항이 없고, 나머지는 같이 먹는 점심 한 끼인데, 지영이가 도시락 싸 온다고 했고, 나는 뭘 하면 좋을까 달그락달그락 생각을 굴리느라 밤을 새웠다.

엄마가 생일이 평일이니 주말에 미역국 끓여 주겠다고 해서 나가야 한다고 했다. 엄마랑 아빠는 내가 가정 경제랑 엄마 힘들까 봐 신경 쓰느라 철든 생각을 하고 있다고 생각하셨는지 엉덩이를 두드려 주셨다.

그러니까 지영과 내 생일 딱 중간 날이 '우리의 생일'이다. 주민 등록에도 없는 우리만의 생일을 정해 놓고 둘 다 신나서 한참 웃었다. 엄마한테 토요일 친구들과 학원에서 연습하며 먹기로 했다고 삼겹살 몇 점만 구워 싸 달라고 했다. 물론 상추 몇 장, 깻잎 몇 장도. 야외 도시락의 진수는 '쌈'이지. 지영이가 웃을 걸 생각하니 미리 웃음이 나왔다. 엄마는 여름이니 삼겹살은 좀 그렇고, 불고기를 싸 주겠다고 하셨다.

"조금만 주세요."

드디어 토요일이 되었다.

나는 소풍 가는 아이처럼 선크림을 촘촘히 바르고 배낭에 고기와 상추, 그리고 돗자리와 물을 챙겼다.

둘레길 초입에서 기다리는데 지영이가 늦은 줄 알고 뛰어왔다.

"많이 기다렸어?"

"뛰긴 왜 뛰어? 약속 시간도 안 됐는데. 줘. 가방 무거울 테니 내가 다 들게."

나는 도시락까지 무겁게 메고 온 지영이의 배낭을 받아서 들었다. 뭘 쌌는지 무게가 꽤 되었다.

"뭘 이렇게 많이 쌌어?"

"훗, 별거 아냐. 가자."

우리는 어린이가 되어 오솔길로 접어들었다. 우리 시는 둘레길 조성이 아주 잘 되어서 걷기 좋다고 아빠가 몇 번 다녀오시며 말씀하셨지만, 정작 나는 한 번도 걸어 본 적 없었다. 전 구간을 다 걷긴 너무 힘들어 하루 만에 못 걸으니 편한 길 일부만 걷자 했다.

주말이라 사람들이 꽤 많았다. 산길 구간에 열대 식물인지 줄기로 엮어 바닥에 깔아 비 온 날도 질지 않게 군데군데 깔아 놓고, 어느 구간엔 나무 계단을 설치해 흙이 무너져 내리지 않도록 설치를 잘해 놨다. 아이들도 걸을 수 있을 정도로 길이 편안하고 완만했다. 어린아이 손을 잡고 가족끼리 나들이 나온 집도 있었다. 지영인 아기가 귀엽다고 발걸음을 못 뗐다.

한 시간 정도 걷자 땀이 났다.

생각보다 지영이도 잘 걸었다. 무용으로 다져진 근육이라 가냘픈 몸매와는 다르게 강단이 있나 싶었다.

걷다 물 먹고, 또 걷다 간식으로 당 보충하고, 남들 하는 대로 아저씨 흉내를 내고 깔깔거리며 걷다 보니 어느덧 점심때가 다 되었다.

우리는 사람들을 피해 길에서 조금 떨어진 도서관 뒷산 중턱에 돗자리를 깔았다. 자리를 깔자마자 지영이의 가방 속에서 줄줄 따라 나오는 삼단 찬합. 첫 칸은 김밥, 둘째 칸은 과일, 셋째 칸은 수제 요구르트로 무용하는 사람 식단다웠다.

다음은 내 차례였다. 내 가방에서 물이 나올 때까지도 아무렇지 않던 지영이 표정이 상추가 나오자 대박이라며 배꼽을 잡고, 아이스팩까지 넣어 담은 불고기를 꺼내자 손뼉을 치며 최고라고 소리쳤다.

물수건으로 거룩하게 손을 닦고, 상추를 손바닥에 올린 후에 고기를 올리고, 그 위에 김밥을 올려 입속으로 직행하는, 마치 무슨 의식을 치르는 것처럼 정성껏 먹는 서로의 모습에 웃음이 터져서 한참을 웃었다.

지영이가 싼 김밥은 처음 보았다. 처음 먹어 보았다. 보기도 먹음직스러운데 김밥 솜씨 또한 어디 내놔도 손색이 없었다.

“어때?”

“정말 기막히게 맛있네. 근데 너 이런 거 어디서 배웠어? 정말 파는 것보다 더 맛있어.”

지영은 안심했는지 내 반응이 끝나자 제대로 편히 앉았다.

"지영아, 나름 즐거운 생일 파티라고 생각은 하는데, 혹시 서운하진 않니?"

"아니, 네버! 내가 우리 둘의 생일을 얼마나 생각했게? 매번 맛있는 거 먹고, 영화 보고, 노래방 가고 하는 생파는 너무 흔하잖아. 뭔가 올해는 너에게도 나에게도 의미 있는 생일을 만들고 싶었어. 어떤 책에서 읽었는데, '추억은 힘이 세다'고 하더라.

올해 정말 난 변화가 많았고 힘들었잖아. 그래도 견딜 수 있었던 것은 네가 곁에 있어서야. 또 힘을 많이 줬잖아. 이 다음에 살면서 다시 힘든 시기가 올 때, 난 반드시 오늘 우리의 추억이 서로에게 큰 힘이 되어줄 거라 생각해. 우리 엄마 아빠 보니 추억의 힘이 약했던 것 같아. 그래서 사랑이 빨리 무너졌던 거고."

"멋진 생각이다. 정말! 그런데 마치 우리가 헤어질 것을 전제로 하는 거 같아서 기분이 싸한데?"

"하하 그렇게 들렸어? 미안. 내가 요즘 가끔씩 사랑 회의론자가 되곤 해서 말이야. 그게 아니라 '추억의 힘'을 쌓자는 얘길 하고 싶었던 거지. 또 얼마나 경제적이야?"

순간, 지영이가 나를 배려해 이런 생일 파티를 계획했구나 하는 생각이 머리를 스쳤다. 조금 창피하고, 조금 부끄러

웠고, 많이 고마웠다.

“영민아, 목 디스크에도 바르게 걷는 습관이 참 좋다고 하더라. 학교 다니면 자주 걸을 일은 없잖아. 어때 이만하면 최고의 생일 파티지?”

“네넵, 어련하시겠습니까?”

수제 요구르트까지 다 먹고 산들산들 바람까지 불어오니 더 걷기 싫었다.

밥을 생각보다 많이 먹었다. 졸리기도 하고….

지영이가 불쑥 물었다.

“영민아, 너는 꿈에라도 나를 안아 보고 싶다는 생각한 적 없어?”

너무 느닷없는 질문에 심장이 천길만길 뛰었다.

“없다면… 거짓말이겠지.”

“그런데 왜 한 번도 표현을 안 해?”

“표현을 하면?”

“왜? 내가 거절할까 봐?”

“아니, 그런 건 두렵지 않아… 내가 너무 시시해질까 봐.”

“그게 무슨 말이야?”

“지영아, 네가 믿을지 모르지만, 너는 유치원 이후로 내가 좋아한 유일한 여자친구야. 너는 어디로 봐도 나보다 훨씬 좋은 아이야. 그리고 내가 네 남자친구여서 최고의 행운이라고 생각해. 이렇게 이쁜데, 왜 손잡아 보고 싶고 안아 보고 싶고 뽀뽀하고 싶지 않겠어?

내가 네게 마음 가는 대로 다 한다면, 사람들은 정말 나를 노는 애로 볼 수도 있어. 나는 무엇보다 그 편견을 깨고 싶어. 내 감정대로만 표현한다면 난 그냥 그렇고 그런 평범한 애가 될 거야. 그래서 난 그러기 싫어. 내가 정말 아끼고 사랑하는 사람은 보석처럼 비단 보자기에 꼭꼭 숨겨 둘 거야. 그리고, 나도 떳떳하게 대학 들어가고 춤으로 성공하면 네게 정식으로 프러포즈할 거야."

"그러다 내가 훨훨 멀리 날아가 버리기라도 하면?"

"그건, 우리의 운명인 거고. 내가 발버둥 친다고 되는 일은 아니잖아."

지영인 많은 생각이 머리를 스쳐 지나가는 듯했다.

그리고 내 손을 끌어다 손등에 입을 맞춰 주었다.

하고 싶은 일, 해야 하는 일

제인 선생님의 이곳 생활이 절반을 넘어가고, 시에서는 레지던시 기간 중 행사의 일환으로 작은 토크 콘서트를 열었다.

제인 선생님은 청년 예술가들도 참석해 주면 좋겠다고 시에 건의해서 우리 비보이와 무용단에서도 참석하고, 지역 청소년 예술제를 직접 운영하는 또래 학생들도 참석했다. 다른 무용단과 예고 학생들도 왔다. 벌써 몇 번씩은 지역 축제에서 마주했던 친구들이다. 멀리서 손을 들어 인사를 하기도 하고 목례를 하기도 했다. 시 관계자들도 나왔고 지역 예술계 인사들도 나왔다.

제인 선생님의 프로필이 소개되는 대형 화면을 보니, 내가 아는 것보다 훨씬 어마어마한 스펙이었다. 저런 분의 출

발이 내 고장에서부터였다고 생각하니 무언가 뿌듯함과 동시에 나도 할 수 있다는 자신감이 솟구쳤다. 선생님은 코로나 이후의 예술과 문학에 관해 작은 발표를 해 주시고 질문을 받았다. 사람들의 관심은 대부분 그런 스펙을 쌓기까지의 과정과 방법을 궁금해했다. 예술계 인사들은 장르의 융합과 변화에 관한 궁금증을 질문했고, 선생님은 나름대로의 의견을 또박또박 답변해 주셨다. 청소년들은 자기가 관심 있는 분야에 관한 질문, 공연 분야나 글쓰기 등을 궁금해했다. 앞서가는 아이들은 미국 시장의 비전에 관해 묻는 애들도 있었다.

나는 몇 번이나 질문을 해 볼까 하다가 기회를 놓쳤는데, 내 마음속엔 정말 궁금한 게 있었기 때문이다. 용기를 내서 손을 번쩍 들었다. 스태프로부터 마이크가 전달되었다.

"부영고 2학년 김영민이라고 합니다. 저는 비보이입니다. 그런데, 제 꿈을 설정할 때 자꾸 먹고사는 문제와 연관을 짓게 되다 보니 목표가 흔들립니다. '하고 싶은 일'과 '해야 하는 일'의 선택을 어떤 기준으로 자신과 타협하시는지 궁금합니다."

선생님은 빙그레 웃으며 듣고 있더니 드디어 말문을 열었다.

"저는 쫓기듯 캐나다엘 갔습니다. 일단 청소년 시기엔 위기가 닥치면 포기 쪽으로 돌아서게 됩니다. 그 결정이 가장 쉽기 때문이지요. 그런데 복잡한 세상은 그만큼 길도 다양합니다. 내비게이션에서 직진 도로가 막히면 우회 도로를 안내해 주는 것과 동일합니다. 우리 인생은 내비게이션이 없다는 게 문제지만, 그 내비게이션 역할을 담당할 수 있는 멘토를 만드는 것도 한 방법입니다. '우리는 자신의 꿈을 향해 나아가는 사람을 응원한다'는 어느 학교 교정에 새겨진 글귀를 본 적 있습니다. 미리 포기하는 사람은 출발선에서 자진해서 탈락하는 거고, 뭔가 조금씩 나아가다 어려운 문제에 봉착하는 경우는 조금 더 왔던 만큼 노력이나 과정이 축적된 것이 있기 때문에 거기서부터 도움을 받는 것은 훨씬 수월합니다. 제도적으로도 도움을 받을 곳은 다양하니까요. 그런데 우리가 대부분 모르고 포기하는 경우가 많습니다.

질문하신 학생의 '하고 싶은 일'과 '해야 하는 일'의 간극이 없이 일치하는 경우는 정말 행복한 경우일 테지만, 그런 경우는 흔치 않고, 대부분은 '해야 하는 일'에 비중을 두고 살게 되지요. 그게 안전하니까요.

그런데, 전 오늘 학생께 반대로 조언하고 싶습니다. '하고 싶은 일'을 먼저 선택하고 거기에 따라오는 장해를 걷어 내 보시라고 말씀드리고 싶습니다. 왜냐하면, 혹시 실패해서 다시 원점에서 시작하더라도 든든한 자산이 있으니까요. 그건 '젊음'이라는 겁니다. 기성세대들이 무모하다고 말릴 겁니다. 그렇지만 세상은 지금 엄청나게 빨리 변하고 있습니다. 예술도 변해야 합니다. '목표 의식이 뚜렷해 즐기는 사람'을 '해야 하는 사람'은 절대 못 이깁니다. 제가 그 증거입니다."

힘주어 대답하는 선생님의 목소리는 떨렸고, 강당 안에 있던 사람들은 일제히 박수를 치며 환호했다. 나는 온몸에 소름이 쫙 돋았다. 울컥 올라오는 게 있었다.

선생님의 소설은 영어로 발표를 한 것이라 한국에 출판된 작품이 없어 사인회는 못 했지만 아이들은 감동했다며 모두 무대로 올라와 선생님과 기념사진을 찍었다. 나는 한동안 자리에 그냥 앉아 있었다. 언제 와 계셨는지 무용 학원 원장 선생님이 내 등을 안으며 무대로 나가자고 했다. 멀리 무대 위에서 조명을 받으며 활짝 웃고 계시는 제인 선생님이 조명을 손으로 가리고 나를 찾았다. 그리고 어서 오라고 손짓했다.

자유롭게 앉거나 누운 아이도 있었고, 저마다 브이를 하며 선생님 주위에서 웃었다. 푸른 꿈들이 무대 위에서 넘실대는 것 같았다.

하이, 청춘!

지영이가 H대 주최 전국 무용 경연 대회에서 고등부 한국 무용 독무 최우수상을 받았다. H대 수시 지원 시 우수자 전형으로 지원할 수 있는 자격이 주어진다고 했다. 지영이 말고도 고3 누나들 중 입상자도 있어 학원은 모처럼 시끌벅적했다.

우리 학원 특징은 여럿 지원했다가 입상 못 하는 아이들이 있어도 최선을 다해 축하해 주는 전통이 있다. 예술은 대회마다 또는 심사위원마다 결이 달라 나와 맞는 곳이 다를 수 있다. 그래서 이 대회에서 입상 못 해도 다른 대회에서 좋은 성적을 거둘 수 있다는 걸 알기에 서로 마음 놓고 응원해 줄 수 있는 것이다. 그 전통에 따라 다들 대학에 잘 들어갔고, 원장 선생님은 아이들 마음의 동요를 그런 방법으로 다스리고 계신다.

원장 선생님이 쏜 햄버거를 여럿이 모여서 먹는 맛이란 어디에도 비길 수가 없었다. 체중 조절을 하라고 인스턴트 음식 먹지 못하게 하는 규정도 오늘만은 예외로 풀어 주셨다.

지영이는 안 먹었다.

안 먹어도 기분이 좋은 건지, 만 가지 감정이 교차해 안 먹는 건지 잘 모르겠지만 썩 기분 좋지만은 않은 것 같았다. 무용 경연 대회 때 보호자는 동행을 못 하게 해서 원장 선생님 혼자만 대기실에 와 다행이라는 문자가 두어 번 왔던 걸 보면 엄마 생각이 났던 게 분명했다. 항상 대회가 있을 때마다 원장 선생님과 함께 의상이며 분장까지 하나하나 체크해 주었던 것을 생각하면 왜 그날이라고 엄마 생각이 안 났을까? 의연한 척하고 있지만, 견뎌 내느라 온 힘을 다 쏟고 있을지 모른다.

또 나에 대한 배려도 있을 것이다. 비보이로 아직은 문이 좁은 실용무용학과를 진학한다는 것이 엄청나게 힘든 일이라는 것을 아니까 혹시 내 꿈이 좌절되었을 때를 생각해 감정을 최소한으로 드러내는 것이 아닐까 하는 생각이 들었다.

지영이는 그런 애다. 자기 자신보다 남을 먼저 배려하는 모습이 처음엔 나도 무척이나 어색했는데, 이제는 지영이를 보며 나 자신도 많이 변해 가는 것을 느낀다. 시크하고 말수 적은 나였는데, 어느 순간엔가 친절한 아이로 변하고 있는 것이다. 심지어 나 자신에게도 친절하다. 하찮다고 생각했던 내 모습이 가끔은 소중하다는 생각, 불만보다는 감사할 줄 아는 마음이 생긴 것, 그리고 부모님을 생각하는 시간이 많아졌다는 것은 친구들이 뒤통수 때리며 죽을 때가 되었냐고 물어보기에 충분한 변화이다.

다음 날, 지영에게서 문자가 왔다.

-영민아, 제인 선생님 다음 주에 가시는데 오늘 학원에 오신다고 해. 애들 모두 인사드린다고 모이기로 했는데, 네가 빠지면 안 되잖아.

-당연히 내가 가야지.

-작은 선물은 무용단 애들이 준비할 거야. 넌 그냥 와.

-내가 고기랑 상추 준비할까?

-뭐? ㅋㅋㅋ

정해진 시간은 왜 이렇게 빨리 흘러가는지 모르겠다. 제인 선생님은 우리가 아니었으면 한국에서의 시간이 너무 쓸

쓸했을 거라고 했다.

학원 유리창에 색색의 풍선을 달아 붙이고, 케이크를 마련했다. 원장 선생님은 캐나다에 가면 그리울 테니 쌀로 만든 케이크를 준비하자 해서 선생님 사진이 인쇄된 예쁜 떡 케이크를 주문했다.

제인 선생님은 무용단과 비보이를 한 명 한 명 안아 주며 두 달간 느낀 점을 얘기해 주셨다. 무용단 아이들의 장점을 북돋아 주고 개선해야 할 점을 귓속말로 해 주셨다. 아이들은 궁금하다며 시원하게 오픈하라고 졸랐다.

제인 선생님은 "노!"라고 손가락을 흔들었다. 아이들의 장점은 누구나 보이는 거니까 잊어버려도 되는데, 서로의 약점은 어떤 점이 달라졌는지 우리가 찾아내라는 것이었다. 그것도 공부가 된다며… 원장 선생님은 역시 자기 제자라고 칭찬하셨다.

"이제는 쿠바 얘기를 할 거야."

"앗!" 아이들은 의아했고, 민철이와 지영이 그리고 나는 뒷얘기가 궁금했다.

"대학에 진학해야만 인생이 성공하는 것은 아니야. 다만, 너희들이 지금 하고 있는 것, 무용이나 비보이를 더 잘하고 싶다면 실기와 이론까지 겸비하기 위해 대학에 가야 하는 거지. 반대로 만에 하나라도 일이 잘못돼 진학을 못 하게 되면, 거기서부터 다시 생각하면 되는 거야.

유학을 가서 춤과 관련한 인근 학문을 전공해도 되는 거고, 길을 조금 바꿔 다른 예술로 돌아도 되는 거고….”

“쿠바는 뭐예요?”

그사이를 못 기다리고 민철이가 질문했다.

“앞으로 5년 후, 너희들이 이십 대가 되면 아마 어느 자리에 있든 실체가 보일 거야. 막연했던 꿈의 실체가 서서히 윤곽을 드러내겠지. 그때까지 각자의 자리에서 열심히 잘 살다가 5년 후에 우리 쿠바 여행 가자. 내가 가이드할게.”

“와아~!”

처음 듣는 애들이 환호했다.

갑자기 나도 쿠바에 꼭 가야겠다는 생각이 들었다.

뭔가 이제는 내 미래에 대해 구체적인 꿈을 꾸어야 한다.

열일곱.

내 힘으로 할 수 있는 게 별로 없는 나이다. 그러나 적어도 주어진 환경에 적응하며 꿈을 향해 최선을 다하고 싶다.

만약에 그 꿈이 목표 지점에서 조금 어긋나더라도 플랜B를 설정해 또 노력할 것이다. 다른 사람보다 조금 늦게 도착할 수도 있다. 내 목이 점점 거북목으로 변형되는 것도 어쩌면 그런 이유일 수 있다. 토끼가 잘 때 야비하게 살살 지나가는 게 아니라, 토끼처럼 단거리 선수들이 빨리 지칠 때, 나는 거북이걸음으로 느릿느릿 멈추지 않고 꼭 목표 지점에 도달할 것이다.

열일곱.

아이에서 어른으로 변해 가는 과도기이면서 입시를 목전에 둔 다급한 시기. 모른 척하고 싶지만 세상의 많은 부분이 서서히 보이기 시작하고, 머리보다 가슴이 먼저 움직이는 때. 반항과 두려움과 용기와 설렘이 동시에 공존하고, 힘겨운 산등성이지만 진한 우정으로 서로를 끌어 주며, 미래에 올 사랑을 위해 지금을 참을 줄도 아는 나이다.

나는 열일곱이다. 한 손으로 지구를 떠받치고 근육으로 지탱해야 하는 동작, 프리즈(Freeze)는 때론 세상을 거꾸로 보기도 하고, 내 몸무게를 느끼며 바들거리느라 참기 어려운 고통이기도 하다. 우리가 겪고 있는 청춘의 날들도 그런 것 아닐까? 그러나 허공을 박차고 지구에 착지할 때 느끼는 성취감과 자존감은 하늘을 찌른다.

지영아! '우리의 생일'은 네 꿈과 내 꿈이 살아 있는 한 언제나 새날이다. 언제나 유효다.

심곡천 위로 보이는 서쪽 하늘이 강화도의 그날처럼 빨갛게 물들고 있다.

작가의 말

빨리 나이를 먹고 싶었던 적이 있었다.

내 의지로 할 수 있는 게 별로 없다는 한계를 열어 놓기만 해도, 모든 일이 긍정 쪽으로 돌아설 것만 같았다.

스스로에게 무얼 하고 싶은지 물을 용기도 나지 않았고, 설령 꿈을 꾸고 있다 해도 구체적으로 실천해 가는 과정이 막연해서 가끔은 내가 나를 외면하고 싶었다.

생각과 감정을 뱉어 내는 일은 더 어려웠다.

그건 어른들 눈엔 지름길을 놔두고 샛길을 두리번거리는 아슬아슬한 순간일 때가 많아 어깨를 잡거나 손을 이끌어 바른길로 데려가는 반복이었으니까.

이 책은 평범한 우리들의 이야기다.

꿈을 꾸고 미래를 설계할 수 있는 자격은 몇 퍼센트의 뛰어난 아이들에게만 있는 게 아니라는 것, 가끔은 뒷골목을 서성이기도 하고, 가끔은 명치끝이 아리도록 슬픈 감정도 느끼는 나와 너의 이야기이다. 누군가의 사소한 한마디가 때론 큰 힘이 된다는 걸 서서히 알아 가는 시기이다.

십 대의 어린 내게로 달려가 꼭 안아 주고 싶은 계절이다.

"세상 모든 것에 감탄하는 지혜로운 사람들의 공간"
도서출판 호밀밭

프리즈

초판 1쇄 2023년 10월 30일

지은이 고경숙
책임편집 임명선
디자인 박규비

펴낸이 장현정
펴낸곳 호밀밭
등록 2008년 11월 12일(제338-2008-6호)
주소 부산광역시 수영구 연수로 357번길 17-8
전화 051-751-8001
팩스 0505-510-4675
홈페이지 homilbooks.com
이메일 homilbooks@naver.com

Published in Korea by Homilbooks Publishing Co, Busan.
Registration No. 338-2008-6.
First press export edition October, 2023.

Author Ko Kyungsook
ISBN 979-11-6826-124-2 03810

※ 가격은 뒤표지에 표시되어 있습니다.

※ 이 책은 경기도, 경기문화재단의 지원을 받아 발간되었습니다.